DEL SUR AL NORTE

María Elena D'Annunzio

Entre cerezos, durazneros y ciruelos en flor, hay una casa de adobes con techo de chapas, cubierto con pajas vizcacheras. Según dicen los campesinos, sirven para dar abrigo en invierno y frescura en verano. El rancho tiene forma de L, en la parte larga están los dormitorios y en la corta, la cocina, la despensa y el baño.

La protege un corredor cerrado por enredaderas: madreselvas, jazmines, damas de noche, que no solo cubren el espacio, también perfuman el ambiente, sobre todo, en las noches de verano. Al frente está el jardín, muchos canteros con figuras geométricas, delineadas con culos de botella verde, y los caminos cubiertos con grava. Como es primavera los árboles estrenan hojas y las plantas están cubiertas de flores; mariposas de colores, abejas y hormigas también han salido a gozar del sol de la mañana.

De golpe, la presencia de una niña rompe el bucólico paisaje. Sale de uno de los cuartos arrastrando un cochecito cargado con una muñeca. Es pequeña, tiene enormes ojos verdes y su pelo muy rubio peinado en dos trenzas, la nariz respingada cubierta de pecas. Viste una falda con tirantes y una campera roja de lana con dos gallos blancos bordados en la parte de adelante. Calza zapatos de taco, que como son muy grandes le dificultan su andar. Se dirige al jardín y empieza hablar con su muñeca, tomándola en sus brazos.

—Alicia, mira cuántas flores, la del centro es una rosa, estas son margaritas, las de varios colores dalias y las pequeñas, violetas.

Le costaba caminar en la grava y arrastrar el coche era toda una tarea, pero atravesó el jardín y salió a un caminito bien parejo.

—Ahora, Alicia, te llevaré a que conozcas nuestros animales.

Una alambrada de dos metros separaba el patio de los gallineros. Había una puerta, pero no pudo abrirla así que acercó la muñeca al alambre y empezó a contarle:

— Esas gallinas blancas y negras, a cuadritos, se llaman batarazas; aquellas son las coloradas, y estas blanquitas se llaman Susy. Ese que abre su cola es un pavo, y la pava es la que va con los pavitos. Allá en la laguna están los patos. Ahora, Alicia, te vas a dormir una siesta, que yo me voy a ir de viaje.

Metió a la muñeca en el coche, se quitó los zapatos y empezó a subir por la alambrada. Trepaba con mucha facilidad y ya estaba llegando al extremo, cuando apareció un hermoso gallo rojo, con imponente cresta y empezó a saltar y a picotearle los pies.

— ¡Mami!... ¡mami!...¡Lita!...¡Lita!...¡tía!...¡¡El gallo me quiere comer, vengan a salvarme! —gritaba llorando a todo pulmón.

La mamá llegó corriendo y renegando:

— ¿Cuántas veces debo decirte que no te trepes por la alambrada? — la tomó en sus brazos y el gallo seguía lanzándose contra el alambre.

Al instante vino la abuela.

— ¿Qué le han hecho a mi querida Lolita? Ven con la nonna no llores más.

— ¡Usted no la consienta! eso le pasa por desobediente, siempre buscando el peligro, trepándose a toda hora.

— Yo creo que es porque ha tomado leche de cabra, como no pudiste amamantarla…

— Otra vez con la misma cantinela… no le di el pecho porque no tenía suficiente leche.

— Ahora, yo me pregunto por qué el gallo ataca a la niña, nunca he visto semejante cosa.

— Porque la visten de rojo y eso lo enfurece — dijo la tía que llegaba en ese momento atraída por los gritos.

Al otro día, la abuela invitó a Lolita a ir a recoger los huevos y a darle de comer a las gallinas. Salieron al patio y comenzaron a lanzar el maíz que llevaban en una canasta. Las aves se arremolinaban a su alrededor, empujándose y picoteando los granos con prisa. En ese momento apareció corriendo velozmente el gallo rojo, que en vez de ponerse a comer se lanzó sobre Lolita y le hubiera picoteado la cara si la abuela no la alzaba rápidamente. Tuvieron que salir corriendo porque el ave saltaba tratando de alcanzar a la niña, que gritaba y lloraba aterrada.

A la hora del almuerzo el tema obligado de toda la familia fueron los sucesos del día anterior y de esa mañana.

Todos estaban extrañados; nunca habían visto a ningún ave de corral agresiva y ese gallo parecía endiablado. Para evitar problemas decidieron que la niña no saliera del patio.

Unos días después, mientras comían un suculento puchero de gallina, el padre de Lolita comentó:

— Hace muchos días que no veo al gallo rojo.

— Se lo habrá comido algún zorro — dijo la nonna.

Lolita y su abuela se miraron y sonrieron con un aire de complicidad.

Mi mamá se sentó a la mesa dispuesta a contestar varias cartas. Me puse a su lado, me encantaba verla escribir. Tenía una letra muy bonita, pequeña y redondeada. Mojaba la pluma en la tinta azul y los renglones se iban llenando de signos que parecían pajaritos posados en una alambrada. Yo con cinco años no sabía escribir y solo hacía garabatos en un cuaderno que me había regalado.

— ¿A quién le escribís? — pregunté.

— A la tía Teresa.

— ¿Y qué le contás?

— Que estás muy traviesa y que te portás mal. Y, por favor, no me interrumpas más. No puedo concentrarme.

Mi mamá no tenía mucha paciencia, así que para evitar regaños fui al patio y me puse a saltar a la cuerda. Luego acompañé a mi abuela a quien yo llamaba Lita a buscar los pavos en el sulky, llevábamos a Ñato y Chilo, dos perros veteranos en arrear la bandada de las aves que salían temprano a caminar por el campo y que había que traer a los gallineros para que durmieran bajo techo y no se las comieran los pumas y los zorros que abundaban por esa zona.

La nonna siempre usaba un delantal con grandes bolsillos y, ni bien nos alejábamos de la casa, sacaba un paquete de Cómicas, dos galletas unidas con mermelada de cerezas que formaban una carita con ojos y boca roja. Eran mis favoritas… Cuando las terminábamos, nos comíamos los chocolatines blancos.

— Este es nuestro secreto, no se lo cuentes a nadie ¡Chito! — decía la nonna, poniendo un dedo sobre su boca en señal de silencio.

Como sufría de diabetes no la dejaban comer dulces y a mí tampoco en esa cantidad. Ella escondía las golosinas en su cómoda y en cada paseo nos atosigábamos con ellas. Al llegar, mi mamá que me estaba esperando con un tazón de leche, me preguntó:

— ¿Qué le vas a pedir a los Reyes este año? voy a escribirles una carta y como mañana van al pueblo, la llevarán al correo junto con las otras.

— Yo quiero una muñeca grande con rulos y un cochecito para llevarla de paseo. La voy a llamar Alicia como mi prima.

Varios días después me puse a jugar en el cuarto de mi mamá, abrí la puerta grande del ropero, buscando alguna ropa para disfrazarme, y me encontré con una enorme caja envuelta en papel de regalo con dibujos de ositos de colores, atada con una cinta azul. Estaba tratando de sacarla cuando llegó mi mamá:

— ¿Qué estás haciendo? Ya sabés que no me gusta que revuelvas mis cosas — dijo cerrando la puerta muy enojada.

— ¿Qué hay en esa caja tan grande? — pregunté.

Es una compra que tu padre hizo para los vecinos, después van a venir a buscarla.

Pasaron varios días y llegó el 05 de enero.

No olvides poner los zapatos afuera de tu pieza. Esta noche vienen los Reyes Magos, vamos a ver qué te traen — dijo mi papá — hay que poner agua y pasto para los camellos.

— ¿Cómo hacen para repartir tantos juguetes en una noche? — pregunté.

— Porque son magos, tienen poderes especiales.

— Yo quisiera quedarme levantada para ver a los camellos y conocer a los Reyes.

— Ellos van a las casas adonde los niños se portan bien y van temprano a la cama.

— ¡Pero yo quiero verlos!

— Mañana vamos a ver las huellas de los camellos, se comerán el pasto y tomarán el agua.

Me fui a dormir porque si no hacía caso no me traerían nada. Me desperté bien temprano, corrí a ver mis zapatos y allí estaba una caja igual a la que había visto en el ropero.

Llegaron mis padres y me ayudaron a abrir el paquete. Me encontré una hermosa muñeca con un vestido lleno de volados y el cochecito con colchón, almohada y hasta una colcha tejida en crochet de varios colores.

Estaba tan emocionada… era todo tal cual lo había imaginado. Me llevaron a ver y ya no había pasto ni agua, pero si unas huellas muy grandes marcadas en el camino de tierra.

Como todos los años el día de Reyes, toda la familia se reunía en nuestra casa en el campo, ya que allí estaban los abuelos. Mientras los grandes estaban atareados en la cocina, salí a caminar con mis primas. Ellas eran mayores, yo solo tenía cinco años, era la menor de todos los primos. Me preguntaron:

— ¿Qué te trajeron los Reyes?

Fui corriendo y volví con mis regalos. Como me había quedado con la idea de la caja en el ropero, les conté a ellas a ver qué me decían. Se pusieron a reír y crudamente me espetaron:

— Los Reyes Magos no existen, es una mentira, son los padres los que compran los regalos. Pero no digas nada para que te sigan trayendo cosas y que no sepan que nosotros te dijimos.

Nunca dije nada, pero ya no me sentía libre para pedir regalos, si los Reyes lo traían era una cosa, pero si mis padres tenían que pagarlo era otro cantar. Yo sabía que muchas veces el dinero escaseaba y no podía pedir algo costoso.

Así que cuando me preguntaban:

— ¿Qué querés que te traigan los Reyes?

— No sé, lo que ellos puedan. Hay tantos niños que esperan recibir juguetes…

— Mami, ¿cuál es mi nombre?

— María Elena, ¿por qué preguntás si vos sabés?

— Porque todos me dicen "Petty" y el abuelo me dice "Pete".

— Es tu sobrenombre

— ¿Por qué yo tengo un sobrenombre? Y, ¿qué quiere decir Petty?

— No quiere decir nada, cuando era chica a una de mis maestras le decían así, yo la quería mucho y me encantaba su apodo, y decidí llamarte como a ella.

— La tía Carmen me llama Petisa, pensé que Petty era porque soy bajita.

— Tenés 4 años y tu altura está bien para tu edad.

Hasta los seis años viví en el campo y era la única niña entre tantos mayores.

Además, siendo la menor de la familia paterna, era lógico que fuera la más pequeña de todos mis primos.

Cuando empecé a ir a la escuela era la segunda al formar la fila entre treinta alumnos, y eso se repitió en todos los grados. En realidad, no me molestaba, y me gustaba estar sentada en el primer pupitre muy cerca del escritorio de la maestra.

No sentía que ser bajita era algo malo, hasta que mi tía Carmen — hermana de mi mamá — comentó un día, mirándome con lástima:

— Petty no ha sacado nada de nuestra familia, ella va a ser como las hermanas de tu marido, petisa y gorda.

Esas palabras me marcaron para siempre y pensé que mi apodo fue como un estigma que formó mi destino: Petty =petisa.

Mi mamá era hija de holandeses, medía 1,72 metros y todas sus hermanas eran altas y elegantes.

Mi papá, hijo de italianos medía 1,70 metros, pero todas sus hermanas eran regordetas.

¿Por qué yo no salí alta como mis padres?…

Vivía acomplejada por mi estatura y esperaba que al desarrollarme ocurriera un milagro, que le hiciera tragar las palabras a mi tía, pero no, a los 14 medía 1,57 metros. No crecí ni un centímetro más.

Lo peor eran los comentarios de parientes y amigos, que al conocerme decían:

— ¿A quién ha salido tan bajita con una mamá tan alta y elegante?

Y la cara resignada de mi madre contestando:

— Salió a la familia de mi marido.

Recién pude usar tacos altos cuando cumplí los 15: unos zapatos blancos porque era verano. Eran de cinco centímetros, pero me hacían sentir gigante.

Nunca salía sin ellos y cuando acabó el verano estaban destrozados, un poco por las veredas disparejas y con huecos, pero sobre todo porque no sabía caminar con ellos. Empezó el otoño y me compré unos zapatos negros con un taco de siete centímetros, para salir y otros marrones de cinco centímetros para ir al colegio. Usaba tacos bajos solo para estar en casa y al ponérmelos tenía la sensación de qué me iba para atrás.

Terminé mi bachillerato y empecé a trabajar de secretaria. Con mi primer sueldo me compré unos preciosos zapatos de taco bien alto y media docena de medias de nylon con raya atrás.

El comentario de mi papá fue desalentador:

—Te hubieras comprado zapatos abotinados y medias 3/4 de lana. Andarías más cómoda y no pasarías tanto frío.

En los años '60 en mi pueblo, las mujeres solo usaban pantalones para ir de paseo al campo y en invierno con 5 o 10 grados bajo cero, nos moríamos de frío con las medias de nylon. Hacíamos malabares para caminar montadas en esos aparatos de tortura que eran los zapatos con tacos finos de siete centímetros.

En realidad, mi papá tenía razón, pero mi complejo era demasiado grande y cualquier mortificación me parecía poca si lograba ganar esos centímetros que me daban seguridad.

Caminaba más de cien cuadras por día entre ir y volver a mi casa, más las diligencias que tenía que hacer en mi trabajo y como andaba muy rápido cada dos por tres me pegaba un porrazo, destrozando las medias y mis rodillas.

Otro inconveniente era que todas las semanas tenía que cambiar las tapitas que se rompían y cada tanto, mandar a forrar los tacos.

Por suerte, aparecieron los zapatos de plataforma que solucionaron ambos problemas. Luego llegó la moda de los tacos gruesos y el uso de pantalones y de botas, haciendo más fácil mi vida.

Recién después de los cincuenta pude superar el trauma de mi baja estatura y comencé a usar calzado deportivo, pero para las salidas importantes siempre tenía unos tacos reservados.

Un poco tarde he aprendido a aceptarme y a quererme. De más o menos centímetros no puede depender mi felicidad y digo siempre: "lo bueno viene en envase chico". A lo cual alguien siempre responde: "y el veneno también".

Como mis padres vivían en el campo, yo me quedaba en la casa de mi tía Rosa para poder ir al colegio. Tenía siete años e iba a primer grado superior. Los viernes en la tarde me venían a buscar y pasaba el fin de semana con ellos. Por eso me extrañó que un día mi mamá llegara a la escuela y después de pedirle permiso a la maestra, me sacara del salón.

Me contó que íbamos a mudarnos porque el dueño de la chacra que administraba mi padre, la había vendido, comprando otra cerca de Zárate. Quedaba como a diez horas de Tres Arroyos, donde vivíamos en ese momento.

— Yo no puedo irme porque falta más de un mes para terminar las clases — manifesté contrariada.

— No te preocupes, ya hablé con la directora y como tenés muy buenas notas, te pasaron a segundo grado — dijo mi madre mostrándome el boletín.

— Pero tengo que despedirme de mi maestra y de mis compañeros.

— Voy a venir a buscarte este fin de semana, así tenés tiempo de saludar a todo el mundo.

Volví al salón y al contarle a mi maestra que me iba a otra ciudad, me puse a llorar. Ella me abrazó y dijo que era lindo conocer otros lugares. Mis amigas lamentaron mi partida y escribieron en la última hoja de mi cuaderno un montón de frases cariñosas y hasta los compañeros pusieron su firma y alguna dedicatoria.

Al llegar al campo me encontré con unas cajas enormes donde habían embalado todas nuestras pertenencias y jaulas llenas de pavos, patos y gallinas, que llevarían a nuestro nuevo destino. A mi paloma, Susy, la pusieron sola en una pajarera.

En dos camiones cargaron todo y mi papá se fue en uno de ellos.

La casa quedó vacía… parecía enorme.

Mi mamá y yo, con una valija y un bolso, nos fuimos a Tres Arroyos y allí tomamos un colectivo hasta Buenos Aires.

Nos fue a esperar el patrón y partimos en tren hasta Las Palmas, una pequeña estación de ferrocarril que quedaba a media hora de la nueva finca. No había carreteras, solo polvorientos caminos de tierra.

Al llegar, nos encontramos a mi papá agotado y un poco desalentado, al frente de una casa que acababan de construir, pequeña y moderna, rodeada de enormes pastizales. No había ni un árbol, pero sí un molino cuyas aspas giraban empujadas por el viento, arrojando un gran chorro de agua a un tanque australiano. Varios obreros estaban terminando de pintar de blanco lo que sería nuestro nuevo hogar. Todos los animales estaban perdidos entre los yuyos que me superaban en altura. La paloma no la encontramos, tal vez se regresó a sus pagos.

Mi papá ya había acomodado los muebles. Mi mamá y yo empezamos a ubicar todo el contenido de las cajas de embalaje. En dos días la casa estuvo lista y cada cosa en su lugar. Contrataron a muchos peones que rápidamente limpiaron los terrenos adyacentes, sembrando un monte de frutales y cercando el parque con una alta alambrada.

Luego, don Nicolás, el dueño de la chacra, nos invitó a que lo acompañáramos al vivero y ahí dejó que mi mamá eligiera todas las plantas que quisiera para hacer el jardín; ella estaba fascinada. Compraron rosales, jazmines, pensamientos, dalias, gladiolos, margaritas y petunias para los canteros; cipreses, magnolias y tuyas para el parque, y le ligustrina para hacer los cercos que formaban el camino de entrada y separaban los dos jardines. En pocos días y con la ayuda de dos peones estuvo todo sembrado.

La tierra que nunca había sido trabajada era muy fértil y junto al clima cálido, húmedo y sin viento, hicieron que, en pocos meses, las plantas crecieran de una forma fantástica, llenándose de flores multicolores, que provocaban admiración en las personas que nos visitaban.

En las calurosas noches de verano nos sentábamos afuera, iluminados por las estrellas, que aquí parecían más cercanas y por infinidad de luciérnagas, arrullados por el croar de las ranas y mortificados por nubes de mosquitos que martirizaban a mi padre.

La cercanía del río Paraná producía esta proliferación exagerada de insectos y también de mariposas de todos los tamaños y colores, y era muy favorable para los cultivos.

El campo se dividió en tres puestos. En el primero vivíamos nosotros, se criaban vacas y ovejas, y se cultivaban cereales. En el segundo, contrataron a dos hermanos españoles, les decían "los gallegos", sembraban papas y batatas. Y en el tercero, una familia de portugueses se dedicaba al cultivo de zapallos, melones y sandías. Mi padre administraba toda la chacra.

Teníamos dos vehículos tirados a caballos, un *sulky* con capota y una Villalonga, que era una especie de carreta con techo de lona impermeable, con un asiento delantero, donde cabían tres personas, y dos traseros, para otras seis. Cuando llovía, la parte delantera estaba cubierta con una tela con huecos por donde pasaban las riendas y un visor transparente para que el conductor pudiera verlo. Todo un lujo para los años '50.

Estábamos rodeados de granjas, quintas, tambos y chacras de pocas hectáreas, por lo tanto, teníamos muchos vecinos cercanos.

En cambio, en Tres Arroyos las haciendas eran extensas y estábamos más alejados. Acá, además, la gente era muy alegre, les gustaban las fiestas y todo motivo era bueno para organizar una reunión, matar un cordero, hacer un asado y jugar a las bochas.

Muy cerca vivían dos hermanos, uno tocaba el acordeón y el otro cantaba. Llegaban a mi casa y se armaba el baile. No había teléfonos, pero iban a caballo o en *sulky* avisando: "hay fiesta en casa de Camilo" y al rato, todos los vecinos estaban reunidos en nuestro patio. A la semana siguiente la fiesta era en otro sitio.

Vivíamos entre Zárate y Lima, más cerca de este último, un pequeño pueblo de calles de tierra, muy limpio y ordenado. La plaza muy bien cuidada y con una vegetación exuberante era el centro de reunión de los pocos vecinos que se conocían mucho.

Con mi papá íbamos a hacer compras, aprovechaba para visitar al cura, muy campechano, de quien se había hecho amigo. Lo invitaba a tomar un Cinzano o una cerveza en la confitería, esperando que él me consiguiera un cupo en el colegio La Sagrada Familia de Zárate. Yo debía ir a la escuela, pero aquí no teníamos parientes adonde quedarme.

Como ya empezaban las clases y no había vacantes con las monjas, me inscribieron en la escuelita de Lima. Teníamos que ir al camino principal a tomar el colectivo, que nos dejaba a dos cuadras del colegio. Los primeros días me llevaba mi mamá, esperándome hasta la salida y regresábamos. Luego conoció a unos vecinos cuyo hijo de once años iba a mi escuela y viajaba en el mismo colectivo. Era un gordito bonachón y su apellido era Mignogna (se pronunciaba "Miñoña"), quien se ofreció a acompañarme todos los días.

Yo había cumplido ocho años, no me gustaban los chicos y menos los gordos. Subía al transporte y se sentaba a mi lado. Luego al bajar me daba la mano y así me llevaba a mi salón, porque siempre llegábamos cuando a la clase había empezado.

Yo, que era "la nueva" donde todos se conocían, con una maestra muy seria y nada cariñosa… me sentía fatal.

Pero lo peor era a la salida, unos minutos antes de que terminara la clase, Miñoña venía a buscarme porque si no perdíamos el colectivo. Le decía a la maestra en voz bien alta para que todos se enteraran:

— VENGO A BUSCAR A LA ALUMNA MARÍA ELENA.

Todos me miraban y yo, roja como un tomate, sin mirar a nadie, tomaba mi portafolio y salía muy apurada, tratando de evitar que me diera la mano.

Al cabo de unas semanas, el cura le avisó a mi papá que ya las monjas podían incorporarme. Nunca me había gustado que me internaran en un colegio, pero con tal de librarme de la compañía del gordo, acepté de buen grado. No fue fácil mi vida en los comienzos, con una madre luterana y unas monjas ensañadas con mi persona. Tal vez por eso era por lo que vivía enferma: resfríos, gripes, anginas y para culminar, varicela.

En cada ocasión mi mamá me llevaba a casa, hasta que estaba repuesta después de un tratamiento intensivo que constaba de ricas sopas de gallina, frotaciones con "untura blanca", cataplasmas de semillas de lino, que se calentaban en la sartén y colocándolas en bolsas de tela, me las aplicaban en pecho y espalda.

Entre el olor desagradable de la primera y el calor excesivo de las otras, eran una tortura, pero tan eficaces que en un par de días ya estaba curada. Íbamos y veníamos en colectivo que pasaba por el camino principal que quedaba a cinco cuadras. Mi papá nos acercaba en el *sulky* y allí estaba la casa del "caminero" que se encargaba de mantener un tramo del camino que era de tierra.

No sé bien cada cuántos kilómetros ponían a uno, le daban casa y podía cultivar y criar animales en los terrenos ubicados a los costados de la ruta no pavimentada. Este era muy trabajador y siempre estaba montado en alguna de las máquinas que nivelaban y alisaban el camino.

Cuando llovía o había mucho sol, la esposa del caminero nos ofrecía que pasáramos al corredor de su casa para protegernos. Tenían siete hijos, el mayor de diez años y el menor andaba gateando. Cuatro varones y tres niñas. El patio, muy grande, estaba lleno de gallinas, patos, perros y gatos. Los niños, casi siempre descalzos, jugaban esquivando a los animales y los cordeles repletos de ropa recién lavada, o se iban a jugar a las vías del ferrocarril haciendo equilibrio sobre los rieles. Mi mamá siempre le decía a la señora:

— Es muy peligroso que jueguen en las vías, circulan muchos trenes y algún día puede ocurrir una tragedia.

Ella con el más pequeño en brazos, los llamaba con poca energía. Era muy delgada y parecía siempre agotada, claro, con tantos niños que atender… Los chicos venían, cruzaban la calle corriendo, se montaban en pelo en un par de caballos muy mansos, dos o tres por animal y salían a buscar las vacas que desde la mañana estaban pastando por caminos secundarios.

Siempre desabrigados, con las manos sucias, en la frías mañana de invierno se metían en las zanjas a romper la escarcha y nunca se enfermaban. En cambio, yo, con tapado, bufanda, guantes y gorro de lana, no me dejaban tocar a los animales, ni montar a caballo y lavándome las manos a cada rato, me atacaban todas las pestes invernales.

Yo, que era hija única y no tenía con quien jugar, con un padre sobreprotector, en realidad los envidiaba.

Mi mamá les regalaba ropa y zapatos que me quedaban chicos y cosas que sus amigas desechaban y se amargaba cuando los veía revolcándose en el barro, y sus prendas rotas y sucias.

— Para qué tienen tantos hijos — decía siempre — se crían a la buena de Dios, un día un auto los va a atropellar o un tren los matará.

No pasó mucho tiempo y un vecino vino a decirnos que había muerto el hijo del del caminero, el más pequeño. Tomó un trago de lustramuebles, al verlo blanco habrá pensado que era leche y como era alérgico murió antes que la madre pudiera atenderlo.

Fuimos al velorio. En un cajón pequeño el bebé parecía dormido, muy limpio y bien vestido, así como sus hermanos quienes, por primera vez, estaban serios, callados y aseados.

Tenía ocho años y ocho era el número que mi mamá había bordado con hilo rojo y punto cadena en cada una de las prendas que completaban el ajuar exigido por las monjas, para incorporarme como alumna interna y seguir cursando el segundo grado.

Llegamos temprano al colegio La Sagrada Familia, en una tibia mañana de abril. Mi madre cargando dos enormes valijas llenas a reventar con sábanas, cobijas, cubrecamas, toallas, uniformes y todo lo que pedían en una larga lista que le entregaron unos días antes.

Una monja pequeña y arrugada como una pasita, que dijo llamarse Rosa y ser la portera, nos hizo pasar a la sala de espera diciendo que la madre superiora vendría enseguida a darnos la bienvenida. Con una gran sonrisa que pareció iluminar la penumbrosa sala, se acercó a nosotras sor María, pero nos aclaró que debíamos llamarla Madre Superiora o simplemente Madre.

Le explicó a la mía la cuestión de los pagos, las salidas y que todas las semanas debía retirar la ropa sucia y traer la limpia. Dirigiéndose a mí manifestó:

— Cualquier problema que tengas puedes venir a hablar conmigo. Espero que te adaptes pronto, aproveches los estudios y hagas muchas amigas. Tocó un timbre y aparecieron dos hermanas (todas vestían hábitos negros y una toca blanca y almidonada que les cubría el pecho).

— Ellas son Dolores y María Angélica. Se encargan de la atención de las pupilas.

La primera muy alta y flaca, de cara larga y angulosa con un rictus amargo, y la otra regordeta, muy pálida, con anteojos y una sonrisa amplia que mostraba sus dientes pequeños y muy blancos.

La Superiora se despidió y las dos, tomando una maleta cada una, nos llevaron al dormitorio. Era una habitación enorme donde estaban ubicadas treinta camas. En un rincón, una de ellas rodeada de cortinas blancas era donde dormía la monja que le tocaba cuidarnos. Las camas eran blancas, de hierro forjado y tenían colchas del mismo color. Una estaba solo con el colchón: era la mía. Abrieron las valijas y rápidamente la armaron. Luego pasamos a donde estaban los placares y colocaron toda mi ropa en estantes, perchas y cajones. Cada espacio estaba numerado, limpio y ordenado.

Luego nos mostraron todo el colegio: los jardines, la capilla, el comedor y el patio, muy grande, rodeado de galerías cuyos pisos con mosaicos de artísticos dibujos brillaban como espejos. Al final fuimos a las aulas, repletas de niñas con sus guardapolvos blancos. Hasta ahora había ido a escuelas mixtas, me pareció raro ver solo mujeres.

Al fin, fuimos a mi salón de segundo grado. La maestra se llamaba igual que yo, María Elena, era joven, simpática y cariñosa. Me encantó ver a alguien que no vistiera de negro. Me quedé allí con mi portafolio, los cuadernos y útiles nuevos, y con casi treinta compañeras que me miraban con curiosidad.

Al rato, salimos al recreo, busqué a mi mamá y me dijeron que ya se había ido. Me sentí tan triste, perdida y abandonada que iba empezar a llorar cuando dos compañeras se acercaron a mí: yo soy Emilia, dijo una, y yo Teresa, agregó la otra. Vamos a buscar la merienda. Me tomaron de la mano y fuimos corriendo al encuentro de una monja que portaba dos canastas grandes repletas de panes aún calientes. Según me dijeron, era la Hermana Luisa que a media mañana y a media tarde, traía la merienda. Se ubicó en un cuarto que estaba al lado del comedor y enseguida se formó una larga y bulliciosa fila, cada uno esperando su porción del aromático alimento. Me pareció exquisito y aquietó mi estómago revuelto.

Al terminar la clase nos llevó una Hermana a sacarnos el guardapolvo blanco y a ponernos otro de color, que usaríamos el resto del día. Pasamos al enorme comedor con tres mesas largas y banquitos para sentarnos. Justo frente a mi puesto había un cajón (cada pupila tenía el suyo) y al abrirlo me encontré con una cuchara, un tenedor, un cuchillo, una cucharita, una servilleta blanca y un vasito de aluminio, todo marcado con el número ocho. Mi mamá lo había llevado.

Me dijeron que al terminar de comer debía lavar, secar y guardar mi vaso y cubiertos. Dolores y María Angélica servían la comida y varias alumnas la repartían. Al ver el plato de sopa de un color raro y donde navegaban unos pocos fideos recocidos, solo pude tomar una cucharada. Todas terminaron, les retiraron los platos y sirvieron una polenta aguachenta y luego el postre: arroz con leche (que yo detestaba).

Mientras, yo seguía con el plato de sopa que ya estaba helado. Cuando todas acabaron, limpiaron las mesas, subieron los bancos y a mí me pusieron de pie al lado de una mesada con el plato enfrente. Todo el mundo se fue al recreo y yo seguía allí en penitencia oyendo las risas y los gritos de mis compañeras.

Al fin vino Dolores, retiró mi plato y me dijo:

— Si no comes te vas a enfermar.

Y me llevó al salón de labores, donde ya estaban el resto de las internas. Allí hacíamos las tareas y alguna labor de bordado, tejido o costura. A mí me dieron una tela blanca para hacer un muestrario de puntos: cruz, festón, vainilla, ojal, araña, relleno. A pesar de que nunca había agarrado una aguja no tardé en terminarlo y no me quedó tan mal.

Me adjudicaron una "madrina" que se llamaba Elizabeth, era española, tocaba la guitarra, cantaba y contaba cuentos de su tierra, de bosques, de lobos hambrientos y de toreros. Ella estudiaba para maestra en otro colegio y estaba en este como pensionista. Su tarea era ayudarme a hacer la cama, peinarme, controlar que me cepillara los dientes, vigilar que me vistiera correctamente y guardara mi ropa. Yo la adoraba, era como una luz entre tanta oscuridad.

Mi primera noche fue horrible, como tampoco había cenado me sonaban las tripas. La cama estaba helada; me pasé la noche en vela, llorando y sonándome la nariz con la sábana porque no sabía adónde había guardado los pañuelos.

Nos despertaron a las seis de la mañana. Debíamos deshacer la cama y dar vuelta el colchón, ir al baño a lavarnos la cara, vestirnos y dejar la cama hecha. En ayunas fuimos a la capilla a oír misa. Después de guardar las mantillas, bien dobladas, en una caja con sobres numerados, nos dieron el desayuno. Como estaba hambrienta tomé de un tirón el mate cocido con leche y devoré el pan que nos dieron.

Después de dos semanas de aguantar los plantones por no comer lo que me servían, de perderme los recreos y soportar las caras de lástima o de burla de mis compañeras, decidí tragar lo que me pusieran por delante, dejé de comer lentamente, masticando y saboreando como mi papá me había enseñado. Tan rápido lo hacía que terminaba de primera y ayudaba a servir, lo cual me gustaba y así hacía méritos ante las monjas.

Durante los almuerzos y las cenas leíamos el libro Vida de Santos y de Mártires. A cada una le tocaba leer un párrafo y pasarlo a su compañera.

Después de ver las torturas a que fueron sometidos, ya no me parecía tan difícil apurar las asquerosas viandas que nos servían.

En una de sus visitas mi mamá les pidió a las monjas que no me obligaran a comer arroz con leche, queso blando, manteca ni a tomar leche sola. Pero no sé qué oculta razón tenían ellas que insistían en servírmelos.

Por suerte, enfrente de mí se sentaba Adela Van Marreweck, una holandesa que cuando era bebé le tocó vivir los últimos años de la Segunda Guerra Mundial sin tener nada que comer por semanas, hasta que emigraron a Argentina. Estaba siempre hambrienta y devoraba todo lo que le servían. Me pidió que lo que no me gustara se lo pasara a ella cuando la monja no mirara. Me salvó de muchos castigos.

Cada quince días iba a pasar el fin de semana a mi casa, disfrutaba de las ricas comidas que preparaba mi madre y de la ausencia de la opresora vigilancia de las monjas.

Lo mejor, mis nuevas amigas: Marta Álvarez que iba a tercero, tenía ojos verdes con reflejos amarillentos, contaba cuentos "verdes", de fantasmas y aparecidos. Las monjas la habían apodado "la diabólica" y me aconsejaron que su amistad no me convenía, tal vez por eso, yo la quería tanto. Dora Gallina que estudiaba conmigo, muy flaquita, siempre sonriente y dispuesta jugar.

Mirtita de siete años que lloraba a cada rato porque extrañaba a sus padres y no le gustaba la comida. Teresa y Emilia, dos hermanas que vivían en las islas del río Paraná. Como eran muy pobres no les cobraban, pero las ponían a lavar platos y a barrer los patios. Me daba mucha pena que tuvieran que trabajar, pero a ellas no les importaba y estaban felices de poder estudiar.

Transcurridos dos meses ya estaba adaptada, sacaba buenas notas, tomaba clases de piano y tenía un montón de amigas. Un viernes en la tarde vino mi madre a buscarme, traía un hermoso ramo de flores de su jardín, se los entregó a la hermana Dolores, diciéndole:

— Para que adorne la capilla.

— Gracias señora, muy amable. Le recuerdo que todos los días hay misa a las siete a.m. y los domingos a las ocho a.m.

— Discúlpeme hermana, yo soy luterana y asisto a mi templo. Le diré a mi esposo, él es católico.

No entendí por qué la monja puso cara de espanto santiguándose tres veces. Mi madre que ya iba en camino hacia la salida, no la vio.

Cuando regresé, Dolores y María Angélica me dijeron que Lutero era un ser diabólico que quiso destruir la Iglesia Católica y al ser luterana mi mamá, era el diablo en persona. Mi tarea era convencerla para que se convirtiera al catolicismo, si no yo sería "la hija del diablo".

Para colmo, pocos días después estábamos todas reunidas en el salón de recreación y María Angélica nos preguntó:

— ¿Qué quieren ser cuando sean grandes?

Muchas dijeron: queremos ser hermanitas como usted; otras maestras, profesoras de piano, modistas, peluqueras…

— ¿Y vos, que no has dicho nada…?

Después de pensar un momento, respondí:

— Yo quiero ser actriz de teatro.

Se miraron las dos monjas y sonrieron maléficamente.

— ¿Qué se podía esperar de la "hija del diablo"?…Ya la veo con la boquita y los cachetes pintados, la pollera corta y el escote grande… como su mamita…

Hacía seis meses que estaba pupila en el colegio La Sagrada Familia de Zárate. Ya no extrañaba la escuela a la que iba en Tres Arroyos, a mi maestra Nieves, a mis compañeras, a mi tía Rosa que me consentía, ni a los bollitos con crema pastelera de la panadería El Cañón.

Había superado el miedo que me producían las monjas, que parecían unos cuervos con sus hábitos negros, ni me preocupaba su andar sigiloso, que les permitía pescarnos *in fraganti* cuando hacíamos guerra de almohadas en el dormitorio grande y helado. Aprendí a percibir su presencia por el ruido que hacían los cinco rosarios que llevaban amarrados al cinturón y por eso me salvé de muchas penitencias.

Mis padres que vivían en el campo venían a buscarme cada quince días, para que pasara el sábado y domingo con ellos. Los primeros meses se me hacían eternas esas semanas y contaba las horas que faltaban, para que llegaran a llevarme. Pero terminé adaptándome y disfrutando de los paseos del domingo al Club Náutico, a la plaza Italia, o a la Costanera.

Antes de salir con nuestro uniforme de gala, pasábamos por la dirección. Allí, la hermana superiora abría un cajón de su escritorio donde había veintiocho cajitas, cada una con un número (el mío era el ocho). En ellas guardaba el dinero que dejaban los padres para los gastos de las salidas domingueras.

Me encantaba meter las monedas en mi cartera y poder comprar en el kiosco las gallinitas de azúcar, caramelos de dulce de leche, o turrones, que eran mis golosinas favoritas.

En la plaza dábamos vueltas en la calesita tratando de agarrar la sortija, para que nos rindiera nuestro capital. Si llovía o hacía mucho frío, nos quedábamos en el colegio y organizábamos juegos de mesa o nos pasaban películas de la vida de santos y de mártires, no muy divertidas, pero para quien solo conocía una radio antigua como único entretenimiento, eran una novedad.

Todos los días a las seis de la mañana, en ayunas y adormiladas, íbamos a misa en la capilla.

Pero los domingos íbamos la Basílica, que era imponente, tanto como la música y el coro. Las primeras filas a la derecha estaban reservadas para nuestro colegio, siempre me tocaba en la primera por ser del grupo de las más bajitas, junto a Marta "la endiablada" y Mirta "la llorona", apodos que malignamente nos ponían las monjas, a mí me decían "agua de tanque" o "tranquilina".

Me gustaba ver cómo las personas se acercaban a comulgar con las manos juntas y expresión de recogimiento. Dentro de pocos meses iba a tomar mi primera comunión y quería aprender a hacerlo bien.

Estaba viendo cómo el monaguillo acercaba la bandeja a una señora que estaba comulgando cuando Marta me dijo al oído:

— Mirá que ricura el monaguillo.

— Es divino — le dije después de mirarlo un rato. ¡Cómo desearía comulgar y verlo de cerca!

Al otro día en el recreo, les conté a todas mis amigas, algunas eran externas, que había visto en la misa al chico más guapo del mundo y quería que llegara pronto el domingo para verlo de nuevo. Justo una de ellas lo conocía, era compañero de su hermano en el colegio Don Bosco, iban a sexto grado, muy inteligente, se llamaba Aníbal Campos, pero a ella no le parecía lindo.

A los pocos días fuimos al puerto a recibir un barco que transportaba a la Virgen de Lourdes, venía acompañada por dos misioneros franciscanos que traían la imagen en peregrinación por varios países de América del Sur.

Fue un hermoso espectáculo, largas y prolijas filas de alumnos de todos los colegios, con sus guardapolvos blancos, el nuestro con falda y gabán azul marino; marineros con sus inmaculados uniformes y la banda tocando canciones religiosas, mientras se disparaban bombas de estruendo, soltaban palomas y se lanzaban al aire globos de colores. La imagen fue cargada en una peana, que llevaron cuatro sacerdotes sobre sus hombros hasta la Basílica. Llegamos al colegio agotadas después de tanto caminar, pero emocionadas y con el espíritu por los cielos.

Al otro día, la hermana Asunción vino al salón de recreo de las pupilas con cuatro disfraces de angelitos (túnica, alas y corona dorada). Después de probar los vestidos, quedamos seleccionadas las cuatro que íbamos a acompañar a la Virgen en una misa al aire libre que se realizaría al día siguiente en la plaza del centro. Al vestirnos, surgió un problema: yo no tenía zapatos blancos y quedaba mal que fuera con los marrones. Una de mis compañeras me prestó los suyos; me quedaban muy apretados y a duras penas pude prenderlos.

Caminamos hasta la iglesia y allí nos ubicamos en las cuatro puntas de la base donde iba la imagen y subimos a la tarima donde se oficiaría la misa. Llegó el cura acompañado de un monaguillo. Yo no podía creerlo… allí a menos de dos pasos estaba Aníbal…el pibe de mis sueños. Tan cerca que pude ver sus ojos con largas pestañas arqueadas, la frente amplia y un lunar justo a un costado de su boca… ¡Estaba tan emocionada!…

En ese momento nuestras miradas se encontraron y se quedaron prendidas por unos segundos. El corazón no me cabía en el pecho; nunca había experimentado algo así. Una sensación de vértigo… como si estuviera parada al borde de un abismo. ¿Sería esto el amor del que hablaban las fotonovelas que yo leía a escondidas de mi mamá?... ¿podría enamorarme con solo ocho años?...

La misa duró más de una hora, los zapatos cada vez me quedaban más apretados, tenía los pies hinchados y un poco amoratados, el dolor estaba siendo insoportable, pero cada vez que Aníbal me miraba sentía que mis piernas se esfumaban y yo quedaba suspendida en el aire…

Las seis cuadras que caminamos hasta el colegio por las calles empedradas me parecieron kilómetros, luego quitarme los zapatos fue toda una proeza. No podían desprendérmelos porque la presilla se había incrustado en el tobillo inflamado. Me ayudaron mis compañeras y ya en la cama, cada vez que despertaba me parecía que aún tenía los zapatos puestos.

Todas las que íbamos a tomar la primera comunión hicimos el curso de catecismo, me lo sabía de memoria y cuando hicieron un concurso de preguntas, quedé de finalista junto a una chica de tercero. No pudimos desempatar luego de varias rondas y nos ganamos un rosario cada una.

Seguí viendo a Aníbal todos los domingos que íbamos a la iglesia, nos mirábamos, sonreíamos, pero nunca hablamos. Hasta que llegó el ocho de diciembre, día en que cumplía nueve años y tomaba la primera comunión.

El día anterior vino mi mamá a traer el traje, que compró en la tienda Imperial de Buenos Aires. Era de tafeta bordada, tres volados en la falda y una capotita muy sentadora.

Nos vestimos bien temprano y fuimos caminando hasta la Basílica, yo estrenando zapatos blancos y encantada con mi hermoso traje, éramos cinco pupilas que tomábamos la comunión y en la entrada nos reunimos con varias externas que también lo hacían. Nos ubicamos en los primeros bancos y a la hora de comulgar salimos en fila hacia el altar. El cura empezó a repartir las hostias y Aníbal sostenía la bandejita. Cuando llegó mi turno, mientras recibía el cuerpo de Cristo, no pude resistir la tentación de mirarlo… y él, me guiñó el ojo. Regresé al banco doblemente emocionada, pero pensando que en la próxima confesión debería contar mi pecado de distracción. Seguimos viéndonos y mirándonos durante más de un año, nunca pudimos hablar ni saludarnos, hasta que un domingo el monaguillo era otro, un desconocido. Nunca más volví a verlo a pesar de buscar su cara entre los feligreses o en las calles cada vez que salíamos.

Cuando conocí a Rosana tenía trece años y yo quince. Parecía mayor, había madurado muy temprano debido al divorcio de sus padres. Vivíamos en la misma calle a una cuadra de distancia. Nos hicimos inseparables, compartiendo cada momento libre que disponíamos. Tenía una hermana de diez con la que no compartía demasiado. Conocí a su mamá, Iris, una mujer cálida, muy atractiva, inteligente, autodidacta, gran lectora y escritora.

Se había casado muy joven lo que le impidió seguir sus estudios, pero el hecho de no haber pasado por una universidad no le restaba preparación ni conocimiento. Era espiritual y generosa, me prestaba libros que me apresuraba a leer para poder darle mi opinión sobre ellos. Nos llevaba a Rosana y a mí a La Perla a comer masitas de confitería con un cortado o a La Cipriana a tomar helados o batidos en verano, y en invierno sus famosos submarinos. Lo que me gustaba es que nos dejaba solas, mientras hacía sus diligencias en el centro.

Pasaba por su casa todos los días al volver del colegio y me quedaba a dormir cada vez que su mamá salía en la noche con sus amigas. Siempre había algo rico para comer: rosquillas y buñuelos con chocolate caliente para merendar, y pizzas, empanadas o picadas en la noche.

Cuando empecé a ir a fiestas y bailes era obligatorio pasar a saludarlas. Iris siempre me prestaba algún collar, un chal, un abrigo y ponía unas gotas de su perfume francés detrás de mis orejas. Una tarde, al salir del colegio, entré a charlar un rato. Rosana estaba muy triste, tenía los ojos hinchados de tanto llorar. Su mamá había vendido la casa y se mudaban a Buenos Aires en un mes a más tardar. Nos abrazamos y lloramos a dúo. Iris había conseguido trabajo en una constructora y hacía mucho que quería cambiar de aires.

En pocos días prepararon la mudanza y nos despedimos, prometiendo escribirnos todas las semanas. Iris le hizo jurar a mi mamá que me mandaría a pasar las vacaciones de diciembre a marzo. Como sus hijas también estaban en receso, iba a ser útil mi compañía, ya que ella trabajaría todos los días.

A mediados de diciembre me fui en tren a la capital, con diecisiete años recién cumplidos. Era la primera vez que viajaba sola y esto en los '60 no era muy habitual. Me estaban esperando en la estación: Iris, Rosana y Teresa, su hermana. Vivían en un chalé pequeño rodeado de jardines en un barrio muy tranquilo. El reencuentro con mi amiga fue maravilloso.

Al día siguiente, salimos a caminar por los alrededores y justo a tres cuadras de la casa había un club. Entramos a conocer; tenía piscinas, canchas de tenis, de básquet y de fútbol, restaurante, cafetería, cancha de bolos y de bochas, gimnasio y grandes parques.

Ahí Iris nos sorprendió entregándonos a cada una un carné de socia temporaria. Todos los días las tres nos íbamos al club y allí nos quedábamos hasta que pasaba a buscarnos.

Nos hicimos de un montón de amigos con los cuales compartíamos divertidos momentos, luego de cansarnos de nadar en la piscina o después de agotadoras sesiones en el gimnasio.

El verano en Buenos Aires es muy caluroso. Nos acostábamos tarde esperando que bajara un poco la temperatura. Solíamos sentarnos en el porche aprovechando a recoger agua que durante el día era muy escasa.

Una noche, un joven muy alto, flaco y desgarbado, se paró a saludarnos. Dijo que vivía en la siguiente cuadra. Se llamaba Ricardo Doria, integraba el equipo de básquet del club al que nosotros íbamos y también jugaba al tenis y nadaba.

A pesar de estar allí todos los días, nunca lo habíamos visto. Se sentó a nuestro lado en el piso y nos contó que hacía poco había cumplido los diecisiete, o sea, era sagitariano como yo; estudiaba bachillerato comercial, había pasado a quinto año, como yo, y le gustaba leer tanto como a mí.

Casi todas las noches venía a charlar con nosotras y me traía libros ya que Rosana confesó que no le gustaba leer.

Lo bautizamos "papaíto piernas largas".

Nos veíamos en el club y cada vez que se acercaba yo sentía mariposas en el estómago y el corazón no me cabía en el pecho. A Rosana también le gustaba; era encantador y simpático con las dos.

Empezamos a ir a ver los partidos de básquet porque varios de sus jugadores eran nuestros amigos. Cuando jugaban en otros clubes, a nosotras y a otros hinchas nos llevaban en el bus donde iba el equipo y entrábamos con ellos sin pagar entrada.

Una noche, no había espacio en el colectivo y decidimos volver caminando.

Ricardo comenzó a andar a mi lado y todo el mundo empezó a burlarse por nuestra diferencia de estatura el 1,95 y yo 1,55.

Él me dijo:

— Mi papá es alto como yo y mi mamá bajita como tú. Me gusta la mujer pequeña porque siento ganas de protegerla.

Era una hermosa noche de verano, la luna nos alumbraba y el perfume de las flores nos envolvía, mientras a lo lejos sonaba una canción de Julio Jaramillo y yo caminando al lado de Ricardo, sentía que volaba y las 50 cuadras que caminamos se me hicieron cortas.

Unos días después me invitó a ir a un pueblo vecino; tenía que hacer unas diligencias para su madre. Pasó a buscarme temprano, tomamos un colectivo y lo acompañé a varios sitios. Conversamos todo el tiempo de libros, de películas, de sueños…

Yo quería estudiar periodismo; él, abogacía.

Febrero se estaba acabando y yo me iba el diez de marzo.

— ¿No puedes quedarte y estudiamos juntos?

— A Iris le encantaría que me quede, pero mis padres no pueden enviarme plata y yo no quiero ser una carga para ella — le contesté.

— ¿Y si consigues un trabajo de medio tiempo? puedes estudiar y trabajar; ya casi eres una Perito Mercantil — me dijo entusiasmado.

— Vamos a comprar un diario y ver si hay empleos para ti.

Me acompañó a varios sitios ese día y los siguientes, pero unos porque querían horario completo, otros porque no tenía el título o por la edad, no conseguí ninguno.

Iris quería que me quedara igual, pero ella tenía demasiados gastos.

Ricardo pasó a despedirse, nos dimos las direcciones y prometimos escribirnos. Nos abrazamos y yo sentí que el corazón se me partía en mil pedazos. Nunca me había declarado su amor, pero con hechos me lo había demostrado. Le escribí una linda carta donde no mostraba mis sentimientos y él me contestó que no le gustaban las relaciones a distancia.

Me gradué y empecé a trabajar. Tuve varios novios, pero lo que sentí por Ricardo no volví a experimentarlo.

Dos años después, me llamó por teléfono para decirme que estaba en mi pueblo y esa noche iban a jugar un partido de básquet con su equipo en el club Costa Sud. Seguían jugando los mismos de siempre y a todos les encantaría verme.

Fui con mi mamá y al salir los jugadores a la cancha, Alberto y Ricardo vinieron corriendo hacia donde yo estaba con un pimpollo blanco el primero, y uno rojo el otro.

Yo, en vez de apoyar a los locales, hinchaba por los forasteros.

Al terminar el partido llegaron todos a saludar; fue un lindo encuentro con tantos amigos. Alberto y Ricardo quedaron en llamarme al día siguiente porque esa noche estaban invitados a una cena con la directiva del club.

Todo el día estuve esperando la llamada y ya anocheciendo, cansada, triste y decepcionada, me quité la ropa y el maquillaje. Frente al espejo me veía patética: mis lágrimas mezcladas con el rímel corrían por mi cara. En ese momento, tocaron el timbre. Mi mamá vino a decirme que Ricardo y Alberto venían a buscarme.

— Deciles que no estoy. Que salí porque no llamaron.

No quise que me vieran en ese estado y perdí la oportunidad de conectar, otra vez, con el gran amor de mi vida.

Hacía varios meses que trabajaba en la concesionaria Ford cuando logré que el gerente contratara a mi esposo para la sección de servicios. Yo estaba en la parte administrativa.

Por fin, ambos teníamos estabilidad y buenos sueldos.

Era una empresa muy importante que contaba con más de 100 empleados.

Un día, el gerente general llamó al gerente administrativo y a través de los vidrios que separaban la gerencia de la oficina general, vimos que discutían acaloradamente. El gerente administrativo salió dando un portazo y se metió en su cubículo con cara de pocos amigos.

Al día siguiente, llegaron tres hombres y se encerraron con los gerentes en la sala de reuniones.

Al rato, llamaron al gerente de repuestos y al de servicios y pidieron a Celmira que les llevara café. Una reunión que duró toda la mañana.

En la tarde, el gerente general vino a nuestra oficina (éramos nueve empleados administrativos) a decirnos que había renunciado y regresaba a Buenos Aires; lo acompañaban los tres visitantes. Fue presentando a cada uno.

— El señor Fernández me va a reemplazar — gordo, bajito, de rasgos ordinarios, se acercó a nuestros escritorios y nos fue saludando uno por uno preguntando nuestros nombres y a qué nos dedicábamos, mientras nos daba la mano enérgicamente.

— El señor Campastro va a cubrir el puesto de gerente administrativo — joven, muy alto, delgado, ojos azules, vestido elegantemente, nos saludó con una leve inclinación de cabeza.

Se me ocurrió pensar al verlos uno al lado del otro, en el gordo y el flaco, o Don Quijote y Sancho Panza.

— Y por último, el señor González Duarte — escuálido y un poco calvo pero muy simpático y amable — que va a realizar una auditoría en la empresa, debido a algunas irregularidades contables que se han encontrado. Espero vuestra colaboración, ya que va a trabajar con ustedes.

Según nos comentó al día siguiente, era amigo de los dueños, quienes creían que alguien estaba robando, porque a pesar de las abultadas ventas, no se veían las ganancias.

Le conté a mi esposo los cambios de la directiva y la sospecha de robo.

— El ladrón es el gerente de repuestos — me dijo muy seguro.

— ¿Por qué crees eso? es un tipo muy trabajador, siempre se queda hasta tarde actualizando los ficheros de existencia.

(En ese entonces se hacía en forma manual, con tarjetas).

Creí que era una locura de mi marido, producto de su imaginación.

— Por eso mismo, porque se queda hasta tarde haciendo una tarea que debe realizar cualquiera de los cuatro empleados. Voy a descubrir la forma y quiénes son los cómplices.

A mi marido lo habían puesto de encargado de la preparación de los vehículos cero kilómetros para su entrega. Incorporaron a un nuevo empleado, Pedro, que se convirtió en su mejor amigo, casi un hermano. Ambos trabajaban en la misma sección y empezaron su labor de detectives.

A los pocos días, ya sabían que lo que robaban eran rodamientos. Estaban involucrados: el gerente de repuestos, dos mecánicos y el encargado de la limpieza. Los mecánicos pedían los repuestos y los guardaban en la jaula de los reclamos en garantía, y el que limpiaba, los sacaba en los botes de la basura, de donde los recuperaba a la salida.

Me lo contaron y yo no podía creerlo; me parecía mucha fantasía.

Querían descubrirlos, pero sin comprometerse. Les sugerí que se comunicaran con Campastro, el más inteligente, y les di su teléfono directo.

Al salir del trabajo, fueron a un teléfono público y llamaron. Por cierto, el que hablaba era Pedro (a mi esposo lo hubieran reconocido por su voz ronca) tapando el auricular con un pañuelo y deformando la voz:

— Somos dos mecánicos de la concesionaria, sabemos que están realizando una investigación porque creen que hay robos. Nosotros hemos descubierto quiénes son los ladrones y cómo lo hacen.

— ¿Quiénes son ustedes? — preguntó Campastro.

— No podemos decirlo porque tenemos miedo de perder nuestros trabajos — dijo Pedro.

— Eso no ocurrirá. Vengan a hablar con nosotros.

— ¡¡No!!, queremos hacerlo a nuestra manera. Si están de acuerdo, mañana a la misma hora llamaremos.

Al día siguiente me llamó Campastro a su oficina, luego de convidarme un té inglés que le había regalado su tía Annie y de explicarme por qué no podía tomar el té del país después de haber probado éste, me preguntó si mi esposo trabajaba en el taller. Al responderle afirmativamente, me preguntó:

— ¿Qué se comenta respecto a la presencia de Fernández y mía? ¿Saben que estamos investigando un robo?

— Claro, las noticias vuelan — le respondí.

Me contó Ramón que fueron los dos al taller y hablaron con cada uno de los mecánicos, preguntándoles trivialidades; a él le preguntaron si era mi esposo. Cuando les respondió afirmativamente, se miraron como descartándolo.

Todos los días, después de las 18 horas llamaban a Campastro, y de a poco le fueron contando quiénes eran y cómo lo hacían. Pedro y Ramón estaban fascinados con su trabajo de espionaje; parecían dos niños jugando al detective.

A la vez, los gerentes lo estaban disfrutando porque iban corroborando los datos que les aportaban. Cuando ya no quedaba nada por contar, les pidieron que se reunieran con ellos, prometiéndoles que no solo no perderían su trabajo, sino que los gratificarían por el servicio que habían prestado a la empresa.

Se encontraron en una confitería y grande fue la sorpresa al verlos.

Los invitaron con sándwiches y cervezas, agradeciéndoles lo que habían hecho y preguntándoles cómo podían pagarles. Ramón pidió la sección Lubricación a porcentaje; no recuerdo qué obtuvo Pedro.

Al día siguiente, llegó la policía llevándose detenidos al gerente de repuestos, a dos mecánicos y al encargado de la limpieza. Los separaron y fueron interrogándolos en forma individual. Los engañaron diciéndoles que sus compañeros los habían delatado. En fin, terminaron todos confesando, echándose las culpas unos a otros. Recuperaron mucha mercadería en casa del encargado de la limpieza. A los pocos días los soltaron porque la empresa retiró la denuncia a cambio de la renuncia a sus indemnizaciones. Me encargaron a mí hacerles firmar, a los cuatro implicados, el documento pertinente y sus miradas asesinas, aún hoy, después de tantos años me ponen los pelos de punta.

Desde que don Víctor terminó de construir nuestro patio, me encantaba salir temprano a recorrerlo, con una taza de café en la mano.

Le pusimos baldosas blancas con dibujos rojos, en el centro dos columpios grandes como los de las plazas y en los costados canteros llenos de flores.

Quedó hermoso e inmenso. No podía olvidar que dos semanas atrás era un terreno disparejo, lleno de yuyos y de piedras. Una pared pequeña lo separaba de la huerta. Ya habíamos plantado higueras, cerezos, limoneros, naranjos y un mandarino, y todo el terreno estaba dividido en almácigos rectangulares donde ya asomaban pequeños brotes verdes de todas las verduras que sembramos y hasta varias hileras de plantas de frutilla que en esa tierra negra y fértil crecían aceleradamente.

Una mañana, al hacer mi paseo diario, encontré en el huerto una gallina pigmea, revolviendo con sus patas los almácigos y picoteando las tiernas plantitas. Parecía mentira que ese animal tan pequeño estuviera haciendo semejante destrozo. Era de los vecinos de al lado que tenían un gallinero lindando con nuestro terreno. Furiosa empecé a correrla y parecía que lo hacía a propósito pisoteando el resto del sembradío.

Al fin, conseguí llevarla al patio... Tengo un problema con las aves, soy incapaz de agarrarlas, es algo que nunca he podido hacer. Ni un pájaro, ni una paloma y mucho menos una gallina. Así que fui a llamar al vecino para que viniera a buscarla. Mandó a dos de sus hijos que se metieron en los canteros, aplastando las flores y al fin se la llevaron.

Esto se repitió en varias oportunidades; parece que la gallina se había encaprichado con nuestro huerto y en cada ocasión los daños eran mayores.

Hablé con el vecino y le rogué que le cortara las alas, porque se subía a un árbol y de allí saltaba a mi quinta.

Una tarde, lavé el patio con la manguera y fui a buscar a mis niñas al colegio.

Al llegar, estaba la pigmea escarbando uno de los canteros y echando tierra con sus patas sobre el piso mojado… me dio un ataque de furia… y superando el miedo, la corrí, la agarré y llamé a mis hijas y en voz baja para que no me oyera el vecino les pedí que me trajeran una cuchilla. Se me quedaron mirando perplejas…— ¿qué vas hacer? — me preguntó una, y yo, sosteniendo a la pigmea que aleteaba desesperada, sintiendo como le latía el corazón tan aceleradamente como el mío…— quiero que me traigan una cuchilla — dije sin gritar, pero en forma tan imperativa que salieron corriendo y al minuto me la trajeron. Agarré con fuerza el arma y de un solo tajo, le corté el cogote. Con las manos llenas de sangre, mientras la pigmea literalmente "estiraba la pata", me sentí una asesina, sobre todo al ver las caras aterradas de mis hijas.

Lo conocí cuando tenía 23 años. Era muy buen mozo, se parecía Marlon Brando, conversador, simpático, divertido, trabajador, ocurrente, con voz ronca de fumador precoz, y un poco atormentado, esto último lo hacía más atractivo a mis ojos.

Yo tenía 21 y estaba planeando irme a la capital a comenzar mis estudios universitarios, cuando una amiga me invitó a una fiesta y allí nos encontramos. Después de bailar, conversar toda la noche y declararme su amor, le dije de mis proyectos y que no quería compromisos. Acordamos entonces salir como amigos, pero sin quererlo me fui enamorando.

Era muy caballero; cuando íbamos a cenar me corría la silla, ayudaba a quitarme el abrigo y siempre pagaba la cuenta. Con otros chicos que había salido compartíamos los gastos porque estaban estudiando. Él trabajaba desde que tenía ocho años; pertenecía a una familia numerosa y quería colaborar con el magro presupuesto familiar.

Contaba tantas historias que uno creía que tenía el doble de su edad y a veces pensaba que mentía, como cuando dijo que le habían matado a dos hermanos, ambos a los 22 años, un martes trece, con ocho años de diferencia. Luego comprobé que era cierto; esas historias eran muy conocidas en nuestro pueblo.

Al cumplir un mes de conocernos, me envió un ramo de rosas rojas arregladas hermosamente en un tronco, con una tarjeta que decía: "Me gusta ser tu amigo, pero quiero que sepas que te amo".

Ni un 24 faltaron las flores, ni pasó un día sin visitarme.

Cuando quise acordar ya éramos novios, archivé mi proyecto de estudios y empezamos a hacer planes para el futuro.

Un 24 de septiembre (recién iniciada la primavera) nos casamos y fuimos a vivir a Mar del Plata, que era nuestro sueño común.

Enseguida me confesó que no le gustaba el cine y odiaba el baile y que en el noviazgo había disimulado porque quería conquistarme.

A pesar de eso, el primer año fuimos felices; luego empezó a atormentarme con sus celos y cada vez que salíamos o estábamos con amigos encontraba siempre motivos para iniciar una pelea, me decía cosas desagradables, pero al día siguiente parecía no recordar nada de lo que había dicho y me preguntaba:

— ¿A vos que te pasa que estás enojada?

 Comencé a pensar que estaba loco y un día se lo dije, y que cansada de sus peleas quería divorciarme. Pensé que iba a reaccionar violentamente; por lo contrario, reconoció que él sabía que no estaba en sus cabales y me pidió que le consiguiera cita con un psiquiatra.

Éste le dijo que era alcohólico y que si dejaba de tomar se acabarían sus problemas; para eso le dio antidepresivos y ansiolíticos. Con esa ayuda y una gran fuerza de voluntad se apartó del alcohol.

El psiquiatra le dijo que quería hablar conmigo y me explicó que el alcoholismo es una enfermedad, algo que yo ignoraba, y que se curaba con abstinencia. Me pidió que no lo abandonara, que él me quería mucho y necesitaba mi apoyo para salir adelante.

Al dejar el alcohol se acabaron los problemas y la armonía volvió a reinar en nuestro hogar. Tuvimos dos hijas y unos cuantos años de felicidad.

Enfrentamos varias crisis económicas y cada una traía una recaída, luego una promesa: volver a la buena senda, para repetir el proceso ante el próximo escollo, agravada la situación porque yo no quería que mis hijas advirtieran lo que sucedía y se les cayera la imagen que tenían de su padre.

Fueron muchos años de sostenerlo para que no cayera en el abismo de su enfermedad: evitar las fiestas, no tener bebidas en casa y la confrontación continua de recordarle que no debía empezar porque luego no podría parar.

Todo esto dañó la relación y seguimos juntos por cuestiones económicas. Cuando cumplió 50 se enamoró de Manuela, una amiga común que era soltera, de 45 años y adinerada. Sentí que Dios había escuchado mis ruegos e iba a sacarlo de mi vida.

Pero desgraciadamente, después de dos años de vivir juntos, ella terminó la relación porque "no se iba a calar a un borracho", cuando era ella la que lo esperaba con un whisky o un ron, y luego daban cuenta del resto de la botella. Ella no era alcohólica; le gustaba el trago.

Entonces volvió. Yo no pude cerrarle la puerta; era el padre de mis hijas y lo que tenía lo habíamos hecho juntos. Quiso convencerme de que nunca quiso a Manuela, que yo era su único amor, pero hacía años que yo no lo amaba. Llegamos a un acuerdo; que se consiguiera otra pareja y se alquilara un departamento.

Tuvo muchas aventuras, pero nunca se fue de mi casa.

Retomó la dirección de nuestro negocio, en el que éramos socios, él atendía el personal y yo la parte administrativa. A primera hora empezaba a tomar ron con hielo y antes del mediodía estaba totalmente ebrio. Ya no podía prescindir del alcohol.

Intenté que se sometiera a distintas curas: desintoxicación, Alcohólicos Anónimos, hasta un curandero, quien me pidió que consiguiera cinco corazones de zamuros con los cuales preparó un brebaje diciéndole que era un oxigenante. Me aseguró que si tomaba todo el frasco no volvería a beber porque sentiría repulsión ante el alcohol. Solo tomo una cucharada porque era un poco amargo. Todo fue inútil. Tuvimos que rematar nuestro negocio, totalmente desacreditado, porque su propietario vivía alcoholizado.

Él pensaba poner una venta de repuestos, pero pasaban los meses y todo lo que hacía era leer el periódico y acabar la botella que cada mañana compraba en la licorería.

Decidí comprar una pizzería, que ya estaba funcionando, para invertir nuestro capital y poder tener ingresos. Él prometió ayudarme a servir las mesas, a preparar las pizzas, pero solo colabora tomando cervezas.

Y aquí estoy, con un negocio que apenas cubre los gastos y donde trabajo más de doce horas por día. Lo veo a él sentado al lado del mostrador, leyendo el diario y fumando un cigarrillo tras otro. Va a cumplir 58 años. pero parece de 70, ya no es ni la sombra del hombre con quién me casé.

Calvo, demacrado, con arrugas prematuras y una expresión sombría en su mirada opaca, no es un compañero ni una ayuda, más bien una pesada carga de la cual no encuentro la forma de liberarme; es como un grillete que me mantiene presa.

De pronto, salgo de mis cavilaciones, veo que el local se ha llenado de comensales y el mesonero está desbordado. Me acerco a una de las mesas; un señor alto, guapo, moreno, pide una pizza margarita y tres jugos. Su esposa está por llegar y la niña que está con él me muestra un diploma que le han dado porque hoy ha terminado el preescolar. Al mirar su carita sonriente, me hizo acordar a alguien… no podía precisar a quién.

La niña salió corriendo y se acercó a mi esposo.

— Hola Matías, ¿cómo estás?

Él le sonrió y no oí qué le dijo… ¿de dónde la conocía?

Cuando voy a entregar la pizza, veo que está entrando una mujer bajita, delgada y renga. Se sienta a la mesa del señor guapo.

— Ha llegado justo a tiempo, ¡buen provecho! — le digo mientras coloco la fuente sobre la mesa.

La mujer esquivando mi mirada, masculló un saludo.

Al volver a la cocina, Juana, la cocinera, me dice:

— La señora que recién llegó es una enfermera con la que el señor Matías tuvo un amorío, y la niña es su hija. El esposo no sabe nada y cree que es suya. El señor Matías acaba de contármelo.

¡Ahí me di cuenta!… Mirar a la nena fue como ver a mi hija mayor, pero, con ojos marrones.

Un fuerte dolor me despertó. Nunca había sentido algo así; como si miles de agujetas se clavan en distintas partes de mi espalda, de arriba a abajo en forma intermitente pero repetitiva, quitándome el aire. Asustada me levanté y empecé a caminar por el cuarto; eran las dos de la mañana.

No podía localizar el origen del malestar, no era muscular ni de los huesos o la piel. Más bien como una neuritis. Tomé un calmante, pero cada vez que me acostaba el dolor se acentuaba, así que me pasé dando vueltas por la casa hasta que amaneció. Luego de desayunar me sentí mejor y olvidando el doloroso incidente me dediqué a mis rutinas diarias.

La noche siguiente, a la misma hora, repitió el dolor, ahora más intenso, impidiéndome pegar un ojo ni permanecer acostada

Al levantarme y caminar, la molestia desaparecía. Durante el día estaba perfecta.

Consideré ir al médico, pero me acobardó el pensar la cantidad de exámenes que me iban a mandar.

Llame a Rafael, mi amigo gnóstico que diagnosticaba con precisión solo tomando el pulso, pero se encontraba de viaje por oriente visitando a sus familiares.

Decidí esperar a ver qué pasaba. Me acosté temprano agotada por dos noches en vela, rogando que no me diera el dolor. Pero éste, implacable y acompañado de un malestar general, fue puntual. Me levanté e incapaz de conducir llamé a un taxi y fui a Emergencias de la clínica del seguro.

— Creo que me va a dar un infarto, un ACV no sé… me siento morir — le dije a la enfermera que me atendió.

Después de revisarme a conciencia, tomándome la presión y la temperatura, el médico afirmó que todo estaba perfecto, que podría ser el colon inflamado. Me aplicaron un suero con un calmante y un desinflamante, y me tuvieron en observación. A la madrugada me dieron de alta.

No quería regresar a casa así que pedí cita con mi doctora, que me ordenó unos exámenes de la tiroides. Me recetó algo para el colon, no encontrando explicación para mis síntomas, porque todo estaba normal.

No repitió el dolor en la espalda, pero me sentía sin energía, débil y agotada.

Por recomendación de una amiga fui a su médico, que era naturista, homeópata, aplicaba acupuntura y según ella, excelente para diagnosticar.

Me revisó a conciencia y fue anotando en la historia todo lo que yo le iba contando.

— ¿Qué tengo? pregunté al ver que no decía nada.

— No sé, vamos a aplicar acupuntura tres veces por semana y le voy a recetar remedios homeopáticos para ver cómo evoluciona.

Fue en la tercera sesión que al poner una aguja la altura del estómago encontró una pequeña roncha, entonces exclamó como si dijera Eureka:

— ¡Es herpes zóster! estaba preocupado porque no podía diagnosticarla; esta pequeña erupción es la primera, va a seguir brotándose alrededor de la cintura. Continuaremos con la acupuntura y le voy a aplicar tres veces por semana un suero con vitaminas para elevar las defensas. Es una enfermedad muy dolorosa así que le recetaré calmantes. Otros médicos la tratan con antibióticos, pero yo no los recomiendo. Haga su vida normal y en dos semanas se pondrá bien.

Al llegar a mi casa, muy dolorida, pero un poco más tranquila porque ya sabía el mal que me aquejaba, llamé a una amiga que me dijo:

— ¡Ah!… Es una culebrilla. Esto no lo curan los médicos, tienes que ir a alguien que te la rece.

Me acordé de que cuando yo era chica mi mamá tuvo esta enfermedad y después de varios tratamientos médicos que no la mejoraban, le recomendaron a un curandero, que en tres días y pasándole sapos sobre la parte brotada, la curó totalmente.

Contaban que este señor había heredado de su padre el poder de sanación y fue perseguido por los médicos del lugar, que lograron meterlo preso.

La hija del comisario sufría de una enfermedad incurable; éste, conociendo su fama, hizo que la viera y en pocas sesiones la sanó.

El comisario agradecido, lo dejó en libertad y lo autorizó a abrir de nuevo su consultorio de "masajes curativos".

Para los rezos conseguí al señor Edmundo, en El Vallecito. Allí todo el mundo lo conocía. En una modesta vivienda ubicada en la esquina de la plaza, había mucha gente esperando que los atendiera y todos hablaban de él como si fuera un santo; no cobraba y había realizado curaciones milagrosas.

Ya cerca del mediodía llegó mi turno, era un sesentón sonriente y cariñoso. Me hizo acostar en una camilla y, con una pluma de ave, me pasó sobre el sarpullido un aceite que tenía hierba mora, mientras rezaba en voz baja.

Debía volver todas las mañanas durante ocho días.

Me mandó a comprar la hierba mora, llamada también "tomatillo del diablo". Debía lavarme las ronchas con ella, porque cicatriza las heridas y tiene propiedades analgésicas.

La erupción se extendió hasta la mitad de la espalda. Investigando sobre esta enfermedad me enteré de que la llaman "culebrilla" porque en el campo suponen que la contaminación proviene del paso de una víbora o culebra sobre la ropa extendida para su secado en el pasto o las plantas, y también porque provoca una erupción en la piel siguiendo una línea (culebra). Se cree que cuándo la cabeza se junta con la cola, tiene consecuencias fatales para el portador. Esas informaciones sumadas al dolor insoportable, como si tuviera fuego bajo la piel, me alteraron demasiado.

El doctor me tranquilizó, diciéndome:

— Esta enfermedad la provoca el virus de la varicela que se mantiene en el organismo y se activa cuando bajan las defensas, el resto son supersticiones.

Los rezos duraron 30 días. Edmundo no podía entender por qué no mejoraba; era la primera vez que eso pasaba.

Ni los remedios, ni la acupuntura, ni el suero que me aplicaban lograban la mejoría tan deseada.

Cada día estaba peor: sin dormir, perdiendo peso, agotada y sin energía. Nunca en mi vida rompí tantos vasos, tazas y platos. Se me caían de las manos. Lo poco que comía no lo digería. Fui al oncólogo pensando que el cáncer estaba invadiendo mi organismo; éste me derivó a un neumólogo y éste a su vez, a un gastroenterólogo. Un montón de exámenes y radiografías indicaron que todo estaba en orden. Mis malestares se debían al herpes zóster.

Pasaban los meses y no mejoraba; por lo contrario, cada día estaba peor.

Mi amigo Gorka, viendo mi estado, me habló de una señora que tenía contacto con los ángeles. Realizaba curaciones increíbles; a él lo había sanado de una gastritis crónica.

Me consiguió una cita para el día siguiente y fuimos juntos. Nos atendió ni bien llegamos. Nos hizo pasar a una habitación amplia y alfombrada donde había una mesa ratona cubierta con un mantel blanco bordado, llena de figuras de santos y varias velas encendidas: un pequeño altar.

Le dio a mi amigo una espada, según ella, del Arcángel San Miguel. Él debía mantenerla en alto para luchar contra el mal. Tomó la Biblia, me pidió que dijera un número y leyó varios versículos. Luego de unos minutos dijo que ya estaba en conexión con los ángeles. Me miró con los ojos muy abiertos diciendo con una voz un poco ronca:

— Todo lo que salga de mi boca, no soy yo la que habla, es mi ángel que está con nosotros. Cuénteme qué mal le aqueja.

— Hace seis meses tengo herpes zóster y no puedo superarlo; estoy peor cada día. Los médicos dicen que todo se debe a esta enfermedad.

La mujer empezó a reírse… (no soy yo, volvió a decir, es el ángel que está a cargo). Herpes zóster, jajá, lo que tú tienes es un cáncer que se ha ramificado por todo el vientre. Pero aquí estoy yo y mi regimiento de ángeles y vamos a salvarte. Ya están trabajando sobre ti, quitando todo el mal que hay en tu cuerpo. Ya han llenado varios recipientes... Tú eres un ser de luz y te hemos sanado...

Te enfermaste por tus pensamientos negativos. Veo el techo de tu casa lleno de gatos negros, que son la representación de tu amargura, depresión y tristeza... Pero ya estás curada y hemos quitado todo lo maligno que había invadido tu hogar.

La señora se sacudió como hacen los perros cuando los bañan, salió de su trance y habló con su voz normal, quitándole a Gorka la espada de su mano, me tomó de los hombros llevándome hasta la sala afirmando que ya estaba curada. Me dijo que tomara té de raíz de perejil y si surgiera algún problema que pidiera otra cita, aunque estaba segura de que no sería necesaria.

Yo estaba en shock, casi a punto de desmayarme. Incapaz de conducir, le pedí a mi amigo que lo hiciera. Al llegar a casa me acosté y logré dormir profundamente durante unas horas.

Quería creer la historia de los ángeles. Deseaba de todo corazón que ocurriera el milagro de amanecer sana. Lamentablemente, esto no ocurrió. Me sentía igual o peor que antes. Le pedí a Dios que me iluminara, que me llevara de una buena vez o me mostrara el camino a seguir. Llamé a la curandera para pedirle otra cita y me informaron que se había ido de viaje, comenzaría a atender dentro de tres semanas. Lo tomé como una señal de que no me convenía seguir esa senda.

Salí a hacer unas compras y me encontré con una amiga que hacía mucho que no veía. Me invitó a una reunión que haría el día siguiente para promocionar unos productos chinos excelentes para el sistema inmunológico. Fui, sobre todo, para no quedarme en la casa. No me parecieron gran cosa los remedios que ofrecía, pero me encontré con la hija de otra amiga, la cual, al verme tan desmejorada, me recomendó un médico naturista, que había curado muchos pacientes con culebrilla.

Fui a verlo al día siguiente equipada con todas las radiografías y resultados de los estudios que me había hecho. Luego de verlos y revisarme, me dijo que mi problema era que el hígado no estaba funcionando y todas las vitaminas y sueros que me recetaban no podían ser metabolizados ni absorbidos, logrando en cambio endurecer más este órgano. Me quitó todos los remedios e indicó una dieta vegana por tres meses, sin azúcar, harinas, condimentos, café, té ni mate, y me recetó unos tónicos que él preparaba con hierbas y vegetales.

Puedo decir, que a los quince días del tratamiento ya había superado casi todos los malestares, recuperando el sueño, la energía, el apetito y las ganas de vivir.

Le conté al doctor que durante esos largos meses sentía que la muerte me estaba acechando y me angustiaba cómo y cuándo me llevaría, sobre todo después de las revelaciones de la señora de los ángeles.

Él me dijo, que, si hubiera seguido tomando las medicinas, sin cambiar la alimentación para desintoxicarme, no me hubiese quedado mucho tiempo de vida.

Había zafado por poco… Cuando no ha llegado tu hora, siempre aparece un ángel que te salva.

— Algún día voy a escribir nuestra historia. Estoy guardando frases bonitas que envías a mi WhatsApp.

— Nuestra historia es tan hermosa que solo los dos sabemos y sentimos cosas indescriptibles. Comprendemos la fuerza poderosa del amor sin reconocer de forma racional lo que sucede.

— Es fuera de lo común. ¿Cuántos años hace que nos vimos? Una sola vez, unas pocas horas. Ya tengo el relato en mi cabeza. Pero tiene que haber un encuentro si no, no tiene gracia.

— Cuando logré convencerte e íbamos a vernos llegó esta pandemia. Estoy esperando que el semáforo cambie a verde, como un atleta en la línea de partida, aguardando el disparo para salir volando a estar contigo y embriagarme con tu aroma. Solo al pensar en ese momento se me acelera el corazón.

— Nos conocimos en junio del 2017. Lo tengo escrito en mi Facebook; puse: "quiero agradecer a Dios que me ha permitido conocer las islas Galápagos: otro sueño hecho realidad".

— Tengo la fecha exacta en que nos conocimos: el 13 de junio de 2017, un martes, en el aeropuerto de Baltra, en el patio de comidas. Luego conversamos en la sala de espera. Estaba yo sentado en la primera fila de uno de los dos bloques de asientos, te vi llegar y sentarte en el otro bloque; llevabas un vestido de color beige. Me brincó el corazón; me emocioné hasta tal grado que decidí acercarme y tomar asiento a tu lado. Reiniciamos el diálogo. Fui a inspeccionar este crucero, La Pinta; en la parte inferior se encuentra la fecha en que tomé la foto.

— Lo del patio de comidas no lo recordaba.

— Las partidas de los vuelos se atrasaron y las compañías de aviación nos proporcionaron un ticket para almorzar.

— ¡Síiii! tienes razón y yo al fin no viajé ese día sino al siguiente.

— Cuando llegué al patio de comidas estabas en una mesa; ya habías almorzado y te pedí permiso para sentarme a comer.

— Eso lo había olvidado. Lo que sí sé es que hablamos mucho en esas horas de espera. Dijiste que eras ingeniero mecánico, que vivías en Guayaquil y que te dedicabas al mantenimiento de cruceros, que eras casado y tenías hijos grandes.

— Tú contaste que eras argentina, que con tu esposo y las hijas pequeñas emigraron a Venezuela. Allí viviste más de 30 años y para escapar de la dictadura venezolana. Ya viuda, te mudaste al Ecuador donde te sientes muy enseñada.

— Me preguntaste si conocía Guayaquil y te conté que era socia de un club para personas de la tercera edad, donde se organizan viajes y actividades recreativas; que nos habían llevado a pasar un fin de semana donde conocí a varios socios en las distintas actividades que realizamos. Me pediste el número para asociarte y no te lo pude dar porque mi celular estaba muerto y el cargador, en la maleta que había despachado.

— Así logré que me dieras tu teléfono y tuve que despedirme porque mi avión ya partía.

14 de junio de 2017

Llegué a mi casa y recibí un mensaje por WhatsApp de Luigi Greco, el joven simpático que conocí en el aeropuerto. Le envíe el teléfono del club y pensé que ahí terminaba nuestra relación.

Siguió enviándome audios, videos y música romántica, hasta que un día confesó que no podía olvidarme y que soñaba conmigo. Le pregunté entonces cuántos años tenía y al decir 55, le respondí:

— Te llevo 20 años, podría ser tu madre. Lo único que yo haría contigo sería adoptarte.

— No importa la diferencia de edad; es un paradigma de nuestra sociedad. Si fuera al revés sería normal.

Y empezó a cantarme boleros y recitarme poemas, y así poco a poco fue metiéndose en mi vida y despertando sentimientos que a mi edad no creí que sentiría.

Luego de 40 años de un matrimonio complicado, el día que mi esposo murió, después de una larga enfermedad postrado en una silla de ruedas, me sentí como un pájaro al que le abren la puerta de la jaula o como el preso al que le quitan los grilletes.

La primera vez en mi vida que era dueña de mi persona, que no tenía que responder, cuidar ni atender a nadie. Me juré no volver a involucrarme sentimentalmente, para no perder la sensación de ser libre como el viento.

Diez años después, Luigi ha logrado emocionarme, apasionarme y excitarme, todo eso solo con palabras. Un día le dije:

— Cómo puedo extrañarte, si nunca me has tocado. Ni un beso me has dado.

Él me contestó:

— Amar a distancia es amar sin cara, es entregarse a ciegas. Es simplemente amor de almas.

— Y después de compartir tantos mensajes llegué a la conclusión de que somos almas gemelas: románticos noveleros, soñadores, alegres fantasiosos…

— Aventureros, apasionados — agregó él.

Pero al poner los pies sobre la tierra le dije:

— Nos separan tantos kilómetros, tantos años y tantas otras cosas…

— Sin importar los cientos de kilómetros que nos separan, mi corazón te seguirá donde sea que vayas para estar junto al tuyo.

Todos los días y a toda hora compartíamos mensajes, él tratando de convencerme que fuera a su ciudad o proponiéndome venir a visitarme y yo, haciéndome la difícil, porque en realidad, me sentía ridícula de mostrar mis sentimientos, pero preguntándome: ¿y por qué no? ¿Qué puede pasar?, ¿que nos decepcionemos al vernos? o, por el contrario, ¿que nos gustemos demasiado, cuando hay tantas cosas que nos separan?…

Varios meses pasaron y cuando ya estaba dejando de lado mis prejuicios, le mandé un mensaje para contarle que vi una película excelente y se la recomendé. Tardó tres días en responder y escribió:

— Este fin de semana salí con mi esposa yo amo a mi esposa algún día voy a presentártela e iré con ella a ver la película que me recomendaste.

Así, sin puntos ni comas, me di cuenta de que la "esposa" le revisó el teléfono y fue ella quien respondió. Con mucha pena, pero también con cierto alivio bloqueé su usuario.

Archivé esos recuerdos entre las historias lindas que he vivido, con algo de nostalgia y un poco de pena.

Mi corazón había despertado y sentí la necesidad de conseguir una pareja más apropiada. Abrí una cuenta en Tinder (con la ayuda de una amiga), puse mis fotos y empecé a hacer contacto con varios candidatos. Fui a muchas citas, pero no encontraba al que me moviera el piso. Uno muy bajito, otro aburrido y encorvado... a uno demasiado serio, lo apodé "el prócer de la patria" y para colmo resultó ser comunista.

Los de mi edad estaban hechos pedazos, por no usar una expresión vulgar. Yo, con 76 años, aún muy activa, practicando yoga y natación, tomando clases de tango, viajando, saliendo con amigas y tratando de sacarle el jugo a la vida.

Hasta que conocí a Eduardo, de 66, divorciado, con hijos grandes, deportista, apasionado y especialista en calentar la oreja. Tuvimos un romance y unas cuantas salidas, pero terminé con él porque era demasiado básico: amigos, fútbol, cervezas... Ni una flor ni una poesía. Le hacía falta lo que a Luigi le sobraba. Además, iba a operarme de la cadera y prefería que me recordara entera y no con andador o bastón.

Los primeros días de agosto del 2019, recién operada y sintiendo por primera vez, que me pesaban los años, sonó mi teléfono:

— Hola amor mío, estoy en Quito y quiero verte.

— ¡Hola Luigi! escucharte es como recibir un soplo de aire fresco. Hace pocos días me colocaron una prótesis en la cadera y estoy en cama convaleciente.

— Dame la dirección y corro a verte.

— No es conveniente, estoy en casa de mi hija y además verme caminar con andador no es muy romántico.

— Vine a hacer un curso y me quedaré unos días. Luego seguimos conversando.

En la tarde me envió una foto en el Museo de la Ciudad al lado de una escultura, igual a una que yo me había tomado. Quise estar donde tú has estado — dijo.

— ¿Has visto mi Facebook?

— Veo todo lo que publicas. Leo tus blogs y puedo recitar tu poesía "Mi viejo corazón".

— Tú me la inspiraste.

— Me emociono cada vez que lo pienso

Quiero decirte amigo,

que desde que te he conocido,

cantando boleros,

recitando poemas,

con románticas frases,

con versos encendidos,

has despertado un dragón dormido:

mi viejo corazón.

Con voz de terciopelo,

trajiste la poesía,

a mi vida vacía

y un poco de ilusión,

derritiendo el hielo que protegía

a mi viejo corazón.

Y aunque yo no lo quiera

y la razón lo niegue,

mi sangre se alborota,

despierta mi pasión,

poniendo a dura prueba

a mi viejo corazón.

Pero al fin y al cabo,

se impone la razón,

tú eres la mañana

y yo el ocaso soy

y eso no lo aguanta

mi viejo corazón.

Retomamos nuestra relación platónica, sin preguntas ni explicaciones, como si no hubiéramos estado incomunicados tanto tiempo. Dijo que regresaría Quito a los tres meses y yo le prometí llevarlo a conocer la Capilla del Hombre, el museo de Guayasamín.

A fines de noviembre:

— No puedo viajar amor mío. Tengo que hacer reposo por una complicación de un implante dental.

— No te preocupes, en diciembre voy con mi familia a pasar unos días en tu ciudad. Si aún no te has esfumado, podemos vernos.

— No me esfumaré. Me hace feliz haberte conocido, eres la mujer que me inspira pasión, que abrió el baúl del amor de donde salen las frases más sinceras. Estás hermosa y radiante.

— ¿A cuántas le dirás lo mismo?

— A nadie más le digo. Para mí tú eres la mujer más bella del planeta y me considero el hombre más dichoso y afortunado del mundo por haberte conocido. Y tú, ¿qué sientes por mí?

— Me emocionas, derrites mi corazón. No expreso mi sentir porque estoy en desventaja en este loco amor. Me siento a veces un poco ridícula. Considero que nuestra relación es de ensueño. Los límites y las comparaciones no deben ser un freno para expresar nuestros sentimientos sinceros y espontáneos. ¿Sabes? Yo había muerto sentimentalmente. Tú me has despertado no sé si darte las gracias o reprochártelo… Me has quitado la calma.

— ¿Eres más feliz ahora?

— No lo sé, me siento más viva pero también angustiada por saber que tienes una esposa y que yo, sin quererlo, la hago sufrir. Eso trae mal karma. Eres el fruto prohibido.

— Yo solo espero el momento de encontrarnos. Tú y yo somos almas gemelas, nacidos el uno para el otro; el complemento perfecto.

— No te pido nada, ni tengo nada que ofrecerte, solo un poco de fantasía y de poesía. Si tuviera diez años menos, sería diferente.

— Esa porción de fantasía y poesía es suficiente para mí.

Los últimos días de diciembre:

— ¿A qué hora llegas?

— Alrededor de las 15 horas.

— ¿Dónde te hospedas?

— Te contaré al llegar.

— Ya estamos aquí: un precioso apartamento con vistas al río. No puedo salir; ya tenemos planes con la familia y hay una sola llave. Tal vez mañana...

Y al otro día:

— ¿A qué hora puedo buscarte?

— Perdona, no es posible vernos. Y mañana nos vamos a Salinas.

— Voy a Salinas para vernos, dime en qué dirección puedo recogerte.

— ¿Es una broma del Día de los Inocentes?

— No. Te digo en serio.

— Discúlpame, pero no es apropiado que nos veamos. En Quito tengo más libertad.

— Voy a ir a Quito entonces.

Empezó el 2020. Leí en algún sitio: "año bisiesto, año siniestro", pero para mí sería fantástico: un crucero por el Caribe en mayo y un viaje a Argentina en noviembre.

— Voy a pasar un mes en mi país y ya hemos planeado un reencuentro en mi pueblo con mis compañeros de bachillerato.

— Si me lo permites te acompaño. Un mes te disfrute de la vida. Un sueño que haremos realidad.

— Me encontraré con muchos parientes y amigos, para ti sería aburrido. Pero quiero hacer el año que viene un crucero por el Mediterráneo y conocer Grecia. Me encantaría que me acompañaras.

— ¡Listo!, voy contigo y yo cubro los gastos tuyos y míos.

— Es lindo tener siempre un sueño que hacer realidad y pensar que lo mejor está por venir. Otra cosa que he deseado es comprar una casa rodante y viajar por distintos países.

— ¡¡¡Wow!!!...es lo mismo que quiero hacer yo. Estamos en la misma onda; empezaremos a darle forma a este sueño. ¿Cómo prefieres que sea la caravana? …será nuestro nido rodante.

— Compañeros de camino. Seguimos haciendo planes para nuestro encuentro.

A mediados de febrero leí algo acerca del coronavirus, que desde fines del 2019 estaba causando estragos en la ciudad de Wuhan, capital de la provincia de Hubei, en la parte central de China. Comenzó con casos de neumonía de causa desconocida en trabajadores del mercado mayorista de mariscos, donde se venden especies salvajes vivas. Inicialmente se lo relacionó con los murciélagos y al empezar las muertes, el mercado fue clausurado.

Un lugar tan distante. No pensamos ante las primeras noticias que pudiera afectarnos en modo alguno. Pero en pocas semanas el virus se expandió por todo el mundo, causando miles de muertos y colapsando los síntomas sanitarios de los países desarrollados y situaciones dramáticas en los del tercer mundo.

A partir del 18 de marzo de 2020 estamos recluidos en nuestros hogares, pudiendo salir solo para abastecernos de alimentos y medicinas. En Quito la situación está bastante controlada.

— En cambio Guayaquil es un infierno, se han muerto muchos amigos y ahora estoy cuidando a mis padres de 90 y 92 años. Tienen síntomas del COVID y los atiende un médico en la casa. Los hospitales y clínicas colapsados, y como las funerarias no pasan a retirar los cadáveres, la gente los saca a la calle, creando una visión espeluznante. Las altas temperaturas que aquí se registran aceleran la descomposición y el hedor se suma al apocalíptico espectáculo. Mi padre no puede dormir por las noches por una tos seca y persistente. Para colmo, Guayaquil amaneció con mucha ceniza por la erupción del volcán Sangay y eso afecta a su situación respiratoria.

— Hierve agua con eucalipto para humedecer el ambiente.

— Buena sugerencia.

A los pocos días:

— Mi papá tiene cáncer de pulmón. Ha sido fumador por más de 60 años. El tiempo vida de vida que le pronostican es corto. Decidí hacer un alto en mis actividades laborales para acompañarlo. Lo principal es que sienta que no está solo. A veces los hijos desperdiciamos el tiempo, es a lo que la sociedad consumista nos conduce y no hacemos un alto para disfrutar los momentos más lindos, que nos dan felicidad. Estoy tratando de pasar el mayor tiempo posible con él colaborando para que solucione sus pequeñas y grandes preocupaciones.

Hay que prepararse para morir. Es nuestro destino común, ver a la muerte como un paso más de nuestra evolución. No es el fin, sino el comienzo de otra etapa. Como la oruga que se convierte en mariposa.

Y puede decirse que ha sido milagroso que llegara a una edad tan avanzada, pienso que en determinados casos la muerte es como una liberación.

— No quiero llegar a cumplir tantos años y siento curiosidad por todo lo que me espera después de la muerte.

— Todo a su tiempo. Tenemos mucho camino que recorrer juntos los dos.

— Estoy lista para irme, pero también para quedarme. ¡La vida es bella!

Y llegó el 13 de julio de 2020.

— ¡Feliz aniversario! Te envío una de mis canciones favoritas: *Maintenant* con Gilbert Becaud.

— ¡Me encantó! Teniendo como fondo esta magistral música, me regocijo al recordar que un día como hoy, por esas maravillosas casualidades que nos tiene reservada la vida, nuestras almas fueron atraídas y en mi caso fue tu mirada la que me cautivó, y mi corazón quedó preso de tu sonrisa. Hoy día de nuestro aniversario toda lo magnífico de la naturaleza lo percibo con gran emoción: el sol radiante, las hojas verdes, la frescura del aire y su grato aroma, me recrean y llevan mi imaginación a sentirte tan cerca, que me invade tu exquisita fragancia.

— Me gustaría que vinieras y compartir momentos, pero disfruto tus mensajes. Eres el sol que calienta mi alma y pone a funcionar mis hormonas. Me encanta que estés en mi vida, le pones un poco de miel y de poesía.

— Me emociona saber que falta poco para que vivamos juntos los más bellos momentos de nuestras vidas.

— De cualquier forma y pase lo que pase doy gracias que seas un pedazo de mi existencia.

El lunes 20 de julio a primera hora encontré una video llamada perdida de Luigi a las 22:34. Justo en ese momento recibo su mensaje:

— ¡Buen día! ¿cómo está mi reina?

— ¿Me llamaste anoche después de las 10 pm?

— No llamé; estaba dormido a esa hora.

— Menos mal que no atendí.

Luego recibí un mensaje de un número desconocido:

— ¡Hola, *amore*!

Al minuto fue borrado y hubo una llamada. No atendí y bloqueé el contacto. Le cuento y me dice: es mi mujer.

Antes de esfumarte, despídete.

— No me esfumaré, solo te pido un alto pequeño para poder solucionar la situación en forma definitiva.

Luego de reflexionar decidí poner fin a esta platónica relación.

— Creo que es hora de poner punto final a nuestra fantasía. Me he sentido expuesta y vulnerable, así que voy a bloquearte ya no puedo saber si eres tú o tu mujer quien llama o envía un mensaje. Fue lindo mientras duró, adiós *amore*.

Imagino que algún día, cuando la pandemia sea solo un mal recuerdo, vendrá a buscarme en la casa rodante del folleto y saldremos a recorrer los caminos.

Hoy encontré las cartas de Violeta. Tienen más de 35 años. Las escribió cuando nos mudamos a Mérida, Venezuela, y las he guardado durante todos estos años. En ese entonces estábamos en el pent-house de La Trinidad, nos cambiamos al apartamento 33 del mismo conjunto, luego a la casa de la calle 15 de La Mata, después a nuestra casa en la calle 20 de la misma urbanización, más tarde a Valencia y finalmente a Quito, y siempre me han acompañado.

Voy a transcribirlas porque quiero que queden registradas en algún lugar; es una parte importante de mi historia.

Mar del Plata. Día 17. Con sol. 7 horas. ¡4 grados!...

Petita:

Esta Violeta estaba marchita… Pero Dios siempre la riega y vuelven su fuerza y ganas de vivir. Si bien los problemas de salud me limitan cosas, es una forma de seguir creciendo por dentro. El cuerpo es como una cárcel, que aprieta...duele...Como dice mi nieta: me las aguanto.

Tu carta, hermosa, un poema, realmente estás llena de vida; más claro...tenés "polenta". Soy tu admiradora y orgullosa de los que tenés al lado y más de que ellos me quieran (¿estaré pillada?).

Me quedé con tu mami varios días, la acompañé y luché por levantar su ánimo. Luego me pasé a mi departamento que ya tenía alquilado. Tiene un ventanal que abarca toda la pared y hasta las 12 horas da el sol en pleno. Luego sigue claro; no tengo vecinos enfrente. No molestan los ruidos de la calle; no llegan hasta acá. El departamento es un poco más grande con un lindo biombo, que separa el comedor de la pieza. Estoy bien. El alquiler es hasta noviembre; puedo quedarme en diciembre, pero mis hijas me alquilan un dúplex en Tres

Arroyos. Tal vez, se los dan en mayo. Es grande: dos baños, dos dormitorios, amplio living; ya te contaré mejor. Ya le dije a tu mami que, ante cualquier problema, los dos departamentos están a su disposición (desde ya, como huésped), por el tiempo que quiera o necesite.

Pasaré el verano allá con las nietas, cuando llegue marzo, retorno a Mar del Plata, por temporadas mientras mi salud me lo permita.

Con Elena nos llevamos re-bien. Y ahora está cada día mejor. La noto y veo bárbara. Desde ya que les extraña.

Mi nieto, Julio César, me sigue escribiendo y me manda la yerba correntina.

Las chicas contentas con tus noticias, te envían cariños. Ayer estuvo Elsa y Nora, una amiga de ella, la pasamos muy bien. Vinieron por el doctor Jones (les resulta regio). Vienen todos los meses.

Me cuesta mucho escribir, me mareo… Perdón, ya no soy la de antes.

Ramón, Petita, Laura, Sonia,

Cuando los despedí en la estación, morí un poco (me costó cama).

Tres Arroyos, día sin fin...

Los cuatro: gracias por recordarme tanto, no puedo explicar TODO lo que los extraño…

Ruego a Dios que los proteja. Estoy contenta de que mis "estrellitas" irán a un colegio de monjas, por todo lo que pueden charlar sobre Dios, que sin él no podremos luchar en este mundo tan difícil.

Ya casi 1985. Escribir para mí es una proeza hoy, no sé si entenderás…, tal vez algo sí…

Por favor, cuando me escriban háganlo en letras grandes, así tal vez pueda leerlo yo (sin ayuda de terceros).

NADIE… me lee ahora como tú o las nenas y esas charlas sobre diversos puntos, ya no las mantengo con nadie. Ustedes no pueden saber lo perdida que me siento. Acá todos ocupados, no tienen el tiempo como vos para el diálogo, tampoco encontraría la afinidad que tenía con ustedes.

Me gustó mucho el cassette que grabaron (lo tiene Elena). Lo escuché una vez, pero sé que están bien, eso me da una gran alegría y si no fuera por mi problema de vista ya hubiese intercambiado cartas diarias. En fin, cuando la vida golpea duro hay que vivir de frente, enfrentando al toro y tomarlo por las astas (la vista sé agravó, el problema se agudizó…veo muy nublado…todavía me arreglo sola).

El departamento es grande, LINDO, LUMINOSO, CÓMODO, en fin, REGIO, (sin lujo). Estoy realmente agradecida a Dios por esto. Tiene una escalera abierta, así que puse plantas que caen, hermosas, las veo bastante bien.

LAS QUIERO. Es mi jardín, patio pequeño, lindo…al frente un lugar para plantitas, haré plantar tres rosales, un jazmín…Trataré de grabar una charla, no puedo seguir, y la charla por intermedio de otra persona, no vale. Sepan que les agradezco y recuerdo todo lo que me brindan los cuatro. Los quiero y deseo para ustedes lo mejor NO ME OLVIDEN…que amistad como la nuestra ya no habrá.

Cariños a los cuatro.

Viole.

PD. Si no hubiese sido por mi vista los hubiera ido a ver... Me acuerdo de la partida de ustedes.

Mar del Plata, día 7, FRÍO...

Petita:

El día 16 de mayo te escribí. El 16 de junio, escribiste vos. Ahora en julio recibí tu carta y de las nenas. Solo puedo escribir unas líneas al sol y luego ya no las puedo leer. Mi dificultad: vivir el momento. No podré escribir como antes (perdón) pero en mi corazón están y estarán siempre igual.

Les extraño mucho.

Tu mami me acompaña con gran cariño. Está muy linda y ya más tranquila. En julio ella se iba a Buenos Aires y yo a Tres Arroyos, por vacaciones, con tan mala suerte que al segundo día me dio una gripe y bronquitis viral, la pasé mal, no disfruté de la familia.

Todavía en Tres Arroyos, no tengo el departamento, tal vez, en septiembre... Ya te contaré. Tus cartas, hermosas...Gracias. Me hacen bien... Saber que todo marcha bien. No puedo seguir... Me cuesta mucho. Los quiero un abrazo a los cuatro.

Viole.

Esta carta es casi ilegible.

Creo que la segunda carta que copié es la última que recibí, como no tienen fecha, no sé realmente el orden.

Poco tiempo después me escribió su hija, para informarme que Violeta había fallecido. No recuerdo si fue a finales de 1985 o en 1986.

Me dio mucho dolor saber que había partido tan pronto, creo que tenía 66 años en ese momento. Pero, por otro lado, pensé que había dejado de sufrir. La pérdida de la visión la afectaba demasiado porque era una lectora empedernida, amaba escribir e ir al cine, además siempre fue muy independiente y hubiera sido una tortura para ella necesitar ayuda de terceros.

Era muy creyente y uno de sus temas preferidos era qué habrá después de la muerte. Siempre me decía: como yo voy a morir primero, vendré a contarte con qué me he encontrado.

Unos días después de su partida, les contaba eso a mis hijas. Estábamos en la cocina y de golpe la canilla, que estaba cerrada, expulsó un largo chorro de agua. Me imaginé que fue lo único que pudo hacer para demostrarme que estaba en contacto con nosotros o, tal vez, fue una casualidad.

Conocí a su hija Elisa cuando tenía trece años y yo quince. Habíamos ido a la plaza Italia, donde actuaba una banda de la Marina de EEUU. Me la presentó su hermana, a quien yo conocía porque era amiga de mis primos.

A pesar de ser menor que yo, nos llevamos bien desde el primer momento. Vivíamos ambas en la calle Istilart, ella en el número 490 y yo en el 630.

Ese mismo día, Elisa me llevó a conocer a Violeta, su mamá. Me impactó su amplia y cálida sonrisa. Tenía ojos grandes, marrones, pelo negro muy corto, era de mi estatura (1.56 m), muy simpática, alegre y con una personalidad arrolladora.

Con Elisa nos veíamos todos los días; nos hicimos inseparables. Yo estudiaba tercer año de bachillerato en el Colegio Nacional y ella estaba haciendo un curso de contabilidad en una academia. Todos los días al salir de clases pasaba por su casa y Violeta siempre tenía algo rico para merendar.

Conversaba mucho conmigo. Como le dije que me encantaba leer, me prestaba libros y luego los comentábamos.

Un día me contó su vida. Se casó muy joven con un estanciero buen mozo y adinerado y se fue a vivir al campo; tuvo a sus tres hijas: Elisa, la mayor, Emilia y Elsa. Se había casado muy enamorada, pero luego se dio cuenta que eran muy diferentes; él materialista, básico, machista y mujeriego. Con la excusa de su trabajo, desaparecía por semanas y luego ella se enteraba que lo habían visto con la amante de turno. En aquel entonces no existía el divorcio. Las esposas que se separaban eran muy mal vistas por la sociedad: las mujeres las juzgaban y los hombres las consideraban fáciles.

Ella, con sus hijas pequeñas y sin una profesión no podía ni pensar en una separación.

Tuvo que hacerlo cuando él trató de violar a su sobrina de quince años, que se quedaba en su casa y le ayudaba con las niñas.

Ella consiguió la custodia de sus hijas. Luchó como una leona contra el dinero de su marido que compraba jueces y abogado, y que trató de demostrar que ella tenía un amante, metiendo en la terraza de su casa un tipo en pijamas, un juez y dos testigos. Por suerte, ella subió a recoger la ropa tendida y encontró todo el espectáculo que su ex había montado. La idea era que una vez que ella se acostara, el contratado entrara al dormitorio y en ese momento aparecieran los otros para tomar fotos y testificar. Pero le salió el tiro por la culata.

Además, Emilia, su hija, no quería que se separara para no perder los beneficios económicos de estar con su padre.

Al fin lo logró. Consiguió que le dejara la casa y una pensión para mantener a las niñas. Elisa no quería a su papá y salía a regañadientes, cuando él pasaba a buscarlas una vez por semana. Emilia trataba de sacarle dinero y se fue a vivir con él un tiempo, pero regresó con su madre por la mala relación con la madrastra. La menor, no se complicaba, pero quiso quedarse a vivir con una tía (que tenía su casa enfrente) y se había encargado de ella mientras su madre estaba ocupada con los juicios. Allí, era la consentida.

Elisa era muy celosa y posesiva, no quería compartirme con Emilia y mucho menos con su madre.

Yo disfrutaba mucho el conversar con Violeta, pero no deseaba que mi amiga se enojara. Así que resolvimos pasar juntas el día que las chicas salían con su padre. Entonces nos poníamos al día, ella me abría su corazón, y yo con ella no tenía secretos.

En una de esas charlas le dije que hubiera querido que mi mamá fuera como ella. A su vez me confesó que me sentía más cerca de su espíritu que cualquiera de sus hijas. Éramos tan parecidas…

Nos adoptamos ese día; yo pasé a ser su hija del alma y ella mi madre del corazón.

Me contó que después de su separación conoció a un comisario bastante mayor, se enamoraron y pensaban casarse. Era un viudo sin hijos, se había encariñado con las niñas, y toda la familia lo quería. Desgraciadamente, murió en un accidente de tránsito, pocos meses antes de la fecha de la boda.

Tuvo varios enamorados después, pero siempre pensó en sus hijas y cómo podría afectarlas al meter un hombre extraño en la casa.

Cuando salía con sus amigas de noche, iban al cine o al teatro, se veía tan elegante: usaba faldas rectas o plisadas, negras en invierno y blancas en verano, igual que los zapatos clásicos con taco, remeras de hilo con rayas, generalmente en azul y blanco y camisas con un pulóver con cuello en V en azul marino o blanco. Un tapado en invierno o un chal en verano, collar y aros de perlas, y un rico perfume francés que la caracterizaba. La ropa le lucía, tenía estilo, la gente volteaba a mirarla. Tan diferente de su atuendo diario, a cara lavada, con zapatillas y sencillos vestiditos de algodón.

Vivíamos en Tres Arroyos, que ya era una ciudad, pero seguía con mentalidad de pueblo. Como dice el refrán: "pueblo chico, infierno grande".

La criticaban mucho por su separación y por haber tenido varios novios. Yo creo que era porque la envidiaban.

Nunca entendí por qué, tenía fama de mujer fatal. Vivía dedicada a sus hijas, no tenía sirvienta, cocinaba, lavaba, planchaba y su casa siempre estaba impecable.

Pertenecía a la religión Cristiana Argentina, fundada por la Madre María. Una religión de avanzada, en vez de templos, tenía salones de meditación. Sin ritos ni ceremonias, solo los domingos el apóstol daba una conferencia donde se recordaban las enseñanzas de su fundadora.

Violeta iba todas las tardes al templo, que quedaba a dos cuadras de su casa, a meditar durante media hora, nos pedía a veces que la acompañáramos y nosotras en vez de imitarla y aprender a meditar, nos pasábamos cuchicheando y mirando la hora.

Cansada de ser la comidilla de los pueblerinos, vendió su casa y se fue a vivir al Gran Buenos Aires, con Elisa y Emilia. La menor se quedó en Tres Arroyos con su tía.

Fue terrible para mí perder a mi mejor amiga y a mi madre putativa. Nos escribíamos largas cartas y cuando terminé el cuarto año me fui a pasar los tres meses de vacaciones con ellas.

Violeta trabajaba en una inmobiliaria en la capital y convenció a mi mamá para que yo fuera y así les hacía compañía a las chicas.

Nos hizo socias del club Temperley y ahí pasábamos todo el día, luego de dejar la casa limpia y ordenada. Al salir del trabajo nos buscaba, sorprendiéndonos siempre con algo bonito: un ramito de jazmines, bombones, o un libro. La acompañábamos al centro hacer alguna compra y sin planearlo nos metíamos al cine, a comer pizza o a tomar helados.

Era una fiesta salir con ella. El único problema que tenía es que era mala administradora. Recibía la pensión que le mandaba el ex y a los pocos días, se quedaba sin plata. Entonces compraba en una rotisería, que quedaba al lado de su casa, que le fiaba, pero donde todo era mucho más caro que en los mercados. Siempre sus gastos eran mayores que sus ingresos.

No se fijaba en los precios; elegía siempre lo mejor. Sus padres fueron hacendados, tenían mucho dinero; su esposo también y ella no se acostumbraba a vivir más modestamente, de acuerdo con su nuevo estatus.

Violeta quería que me quedara con ella e hiciera allí mi quinto año. Yo deseaba hacerlo, pero no conseguí trabajo y no quise ser una carga más para ella. Regresé a mi casa y no volvimos a vernos por muchos años.

Al principio nos escribíamos seguido, luego nos fuimos distanciando y de vez en cuando tenía noticias de ellas cuando mi mamá viajaba a Buenos Aires e iba a visitarlas. Me enteré de que Elisa se había casado, Emilia estaba en Italia e Elsa iba a casarse pronto. Violeta tenía un novio que estudiaba medicina, era mucho más joven que ella y pensaban casarse cuando él se graduara.

Luego me casé y fuimos a vivir a Mar del Plata. Yo ya tenía 28 años y trabajaba en la agencia Ford cuando un día me dijeron que una señora me buscaba. Al bajar me encontré con Violeta. ¡Hermoso reencuentro! Nos abrazamos y fue como si no hubiera pasado un solo día desde nuestra despedida en Temperley. Me contó que venía mucho a Mar del Plata porque visitaba a su hermana y al hermano que tenía una fábrica de tejidos.

La llevé a conocer nuestro departamento y le presenté a mi esposo, por suerte, simpatizaron de inmediato. Me contó que Elisa se había mudado a Tres Arroyos con su esposo e hija.

El padre le había comprado una casa y el esposo había instalado allí un taller mecánico, donde trabajaba. Emilia había regresado de Italia y con ayuda del padre, puso una escuela de equitación. Elsa que ya tenía tres niños vivía enfrente de Elisa.

Ella regresó a Tres Arroyos y vivía con su hija mayor. No lo pasaba muy bien, porque su ex venía de visita muy seguido y para no encontrárselo se quedaba encerrada en el cuarto hasta que se iba. Con dinero, el padre se había ganado el cariño de sus hijas y ella sentía, a veces, que su presencia las incomodaba.

Le pregunté qué había pasado con su novio. Ocurrió que se graduó de médico y tuvo que ir a hacer las pasantías a Misiones. Allí se enredó con una mujer a la que dejó embarazada.

Cuando le contó, ella le dijo que debía casarse y dar un nombre a su hijo. Lo liberó de todo compromiso para que cumpliera con su deber; a pesar que él pudo sacar su carrera gracias a su apoyo moral y económico (eso me lo contó mi madre).

Así que estaba sola otra vez, pero siempre alegre y positiva. Había cambiado su *look*, ahora usaba pantalones, remeras rayadas y zapatos deportivos. Seguía atractiva y le sentaban bien sus primeras canas. Consiguió en Mar del Plata un médico que hacía acupuntura, el doctor Jones. Por esa razón, venía a pasar largas temporadas en esta ciudad. Nacieron mis hijas y nos mudamos a la calle Garay. Como mi mamá había rentado un departamento, le ofrecí mi casa a Violeta, así no gastaba en alquiler. Venía a pasar varias semanas y se quedaba con nosotros.

Eran días de fiesta para todos. Cuando entraba era como si todo se iluminara. Mis hijas la adoraban; les dedicaba tardes enteras jugando a la maestra: compraba cuadernos y lápices de colores. Dejaba que mi hija mayor fuera la maestra y ella y la pequeña eran las alumnas. En las tardes nos íbamos a tomar mate amargo al patio y nuestras charlas eran tan entretenidas que se nos iban las horas.

Nos sobraban temas de conversación, ella era buena hablando, pero mejor escuchando.

Salíamos al centro con las nenas a comprar algo y terminábamos merendando en alguna de tantas confiterías o yendo al cine a ver películas de dibujos animados, que ella disfrutaba tanto como mis hijas. Recuerdo cuando fuimos a ver E.T. El Extraterrestre y salimos del cine fascinadas casi levitando… Con ella todo parecía más lindo.

Cuando llegaba de sus salidas, traía chocolate para las nenas y dulce de batata y queso gouda, que era su merienda favorita.

Cuando se iba, la casa parecía vacía. Y siempre encontraba escondido en un cofrecito, arriba de la cómoda, un sobre con dinero y una nota que decía: una pequeña colaboración, para tanto que recibo.

Cuando empezamos a planear el irnos a vivir a Venezuela, me llevó a un parasicólogo amigo que cobraba muy caro. Ella pagó la consulta para ver si era conveniente que nos fuéramos. Le tenía mucha fe, en cambio yo creía que era un charlatán. Nos dijo que salir del país era lo mejor que podíamos hacer.

— Aunque se me parta el corazón con vuestra partida, ahora estoy tranquila, sé que va a ser para bien — me dijo llorando.

Mi mamá y Violeta nos acompañaron a la estación, íbamos a Buenos Aires para viajar al otro día a Caracas. Recuerdo sus caras llorando, mientras el tren se alejaba. No sabía que no volvería a verla, aunque siempre está conmigo: la llevo en el corazón.

Eugenia y Diana empezaron a trabajar en la concesionaria Peugeot, donde yo era la encargada de cobranzas. Las hermanas Valentini, ése era su apellido, venían de la capital, pero eran muy simpáticas y sencillas. Generalmente los porteños son insufribles, porque se creen superiores y desprecian a la gente del interior, éste no era el caso.

A Diana la pusieron de cajera; era extrovertida, le encantaba el trato con el público. Eugenia en cambio, tímida y apocada, la colocaron en el departamento de contabilidad. Allí en su escritorio, detrás de los enormes libros contables, pasaba desapercibida. En 1965 todavía se usaban para llevar la contabilidad los libros Borrador, Diario y Mayor, y los registros se hacían a mano

Nunca vi dos hermanas tan diferentes; Diana: rubia, alta, cintura pequeña, caderas exuberantes, vestía a la moda, con ropa muy ceñida que marcaba sus curvas. Tenía muchos admiradores, pero ella solo pensaba en Aldo su novio, que había conocido al llegar a esta ciudad y con quien pensaba casarse, porque era el amor de su vida.

Eugenia, morocha con el pelo corto y ondulado, baja, delgada, usaba ropa oscura y sin gracia. Era la mayor; tenía seis años más que su hermana, ya casi pisando los treinta, y por lo que se percibía, su destino sería quedarse para vestir santos. Me encariñé con ambas, pero sentía más empatía por Diana, ya que éramos del mismo estilo, alegres y parlanchinas.

Ella un día me contó, la historia de su padre. Él era marino y tuvo que retirarse prematuramente por lesiones en la columna, que le impedían continuar con su carrera. Se mudó con su familia a esta ciudad costera, adonde siempre venían a pasar las vacaciones.

Compró un terreno y construyó en la planta baja un enorme local para instalar una fábrica de bicicletas y arriba, un amplio departamento con todas las comodidades. Mientras tanto, alquilaban una pequeña casa. Cuando terminara la construcción se mudarían, pero no pudo abrir su negocio porque hacía poco había cambiado el uso de los terrenos y ahora ese barrio era residencial. Le dio una depresión tremenda y se pegó un tiro con su revólver, que no lo mató, pero lo dejó ciego, sin gusto ni olfato.

Se convirtió en una persona amargada que no quería salir de su casa ni aprender a manejarse. Usaba a su esposa de esclava, pidiéndole continuamente que lo atendiera: haciéndole masajes, cebándole mate, vistiéndolo y hasta bañándolo, porque no quería hacer nada por sí mismo.

Solucionaron la parte económica construyendo otro departamento que luego alquilaron. Eugenia se sentía obligada a acompañar a su madre cuando no trabajaba, por lo tanto, no tenía amigos ni salía a ninguna parte.

Diana en cambio, no quería estar en su casa, se iba con su novio y llegaba tarde. Quería casarse pronto para liberarse de esa triste situación.

Cuando salían, a veces invitaban a su hermana, y su novio llevaba algún amigo para que la acompañara, pero ella se comportaba como una quinceañera, llamando a cada rato a su mamá y se escandalizaba ante cualquier escarceo amoroso. Los hombres solo quieren llevarte a la cama, comentaba enojada después de cada salida.

Ante estas confidencias sentí mucha pena por Eugenia y me propuse cambiarle la vida. Comencé recomendándole a Robert, mi peluquero, para que le cambiara el look. Le hizo un corte moderno y mechitas que le sentaban de maravilla. Cuando la vi tan linda le dije: ¡Pareces otra! Ahora deberías vestir a la moda, acortar tus polleras y usar colores claros y brillantes.

La acompañé a la tienda y le ayudé a elegir varios conjuntos que la hacían lucir diez años más joven.

Cuando apareció en la oficina, la aplaudieron y hasta el gerente notó la transformación diciendo:

— Parece que tenemos una nueva empleada.

Al día siguiente nos sorprendió estrenando uno de sus vestidos, con sandalias y cartera roja, y cambiando sus antiguos anteojos por lentes de contacto.

Luego, ante mi insistencia averiguó en una agencia de viajes y se fue con un grupo a pasar una semana en Córdoba. Primera vez que viajaba sola. Lo disfrutó mucho a pesar de que todas eran parejas o personas mayores. Ella era la única que iba sola, pero todo el mundo la invitaba a su mesa y la incorporaba en los paseos, así que me agradeció, que la hubiera presionado.

Vino renovada y mucho más segura. El alejarse de su casa le hizo mucho bien.

El siguiente paso fue convencerla de que con el dinero que estaba ahorrando para adquirir un departamento, se comprara un auto para que no tuviera que viajar en colectivo todos los días. No quería, porque no sabía conducir. Conseguí que varios compañeros le dieran clases de manejo y en pocas semanas llegó a trabajar conduciendo un Volkswagen blanco.

Pero lo más extraordinario fue cuando la vimos caminando hacia la concesionaria al lado de un joven alto y corpulento que la llevaba tomada por los hombros. Cuando entró la estábamos esperando todas las compañeras de la oficina para que nos contara quién era el galán que tan cariñosamente la acompañaba.

Lo había conocido en una fiesta familiar, conversaron, bailaron e intercambiaron teléfonos. Él era dueño de una panadería y solo tenía veinticuatro años. Ella le contó que iba a cumplir treinta y trabajaba en una concesionaria. Pensó que al saber su edad no la llamaría. Pero al día siguiente no solo la llamó, sino que le confesó que lo suyo había sido un amor a primera vista. Quiso conocer a sus padres y la presentó a su familia.

Hacía pocas semanas que salían y ya estaban haciendo planes para casarse.

Estaba tan feliz que parecía que volaba.

En ese entonces, el registro civil pedía un certificado médico para descartar cualquier tipo de enfermedad venérea. Así que Eugenia por primera vez en su vida, tuvo que visitar a un ginecólogo. Nos contó que cuando el doctor le preguntó el motivo de la consulta ella le dijo:

— Como voy a casarme, necesito el certificado, tengo treinta años y soy virgen.

Dice que la miró como si fuera un bicho raro.

El día de su boda fue a verla casi todo el personal de la concesionaria.

Ella estaba hermosa, resplandeciente, parecía que la felicidad le brotaba por cada poro.

Me sentí muy feliz, porque con mis consejos y persistencia, le había cambiado la vida.

Cuando ella se casó, yo hacía un mes que había renunciado a mi trabajo porque después de diez años logré, por fin, dar a luz a mi primogénita. Un día pasé por la concesionaria con ella para que la conocieran.

Diana seguía de cajera; me contó que su hermana también renunció para ir a trabajar en la panadería con su esposo. Hace poco fue a visitarla y le preguntó:

— ¿Cómo se porta mi cuñado?

— Es cariñoso, romántico…

— No. Yo digo cuando apagan la luz, en la cama.

— No apagamos la luz, nos gusta hacer el amor con la luz prendida.

Juan José había terminado su bachillerato y pensaba estudiar ingeniería, pero la muerte de su padre dejó a su familia endeudada y sin ingresos, lo que lo obligó a cambiar sus planes y a conseguir un trabajo. Obtuvo un empleo de vendedor en una exclusiva tienda de ropa de hombres. Era un joven muy apuesto y simpático, y a poco andar logró ser el que mayores comisiones ganaba, siendo muy apreciado por sus patrones por su puntualidad, amabilidad y presencia.

Entregaba a su madre casi todo lo que ganaba, guardándose algo para sus gastos y salidas.

En una fiesta conoció a Valeria, de quién se enamoró perdidamente, convirtiéndose al poco tiempo en su novio oficial. Ella era más que bonita, elegante; muy alta y delgada, con el pelo lacio y largo, parecía una modelo. Usaba ropa muy sofisticada y moderna que su mamá, que era modista, confeccionaba.

Aunque su familia era muy humilde y vivían en el barrio obrero, ella tenía ínfulas de grandeza. Cuando salían, elegía los restaurantes más caros y no quería perderse ningún espectáculo, ni artista que viniera el pueblo. Estaba estudiando el quinto año de bachillerato, por lo tanto, todos los gastos de las salidas corrían por cuenta del novio. Para solventar tanto dispendio, empezó a entregar a su madre, solo el sueldo quedándose con las comisiones.

Eso lo mortificaba porque sabía que ella hacía milagros para que en la casa no faltara nada. Aún estaba pagando los préstamos que había adquirido para enfrentar la enfermedad de su esposo, y los mellizos recién empezaban la secundaria. Mientras vivió su esposo, nunca trabajó fuera de su casa, no tenía oficio ni profesión, así que para ganar algo de dinero comenzó a tejer prendas que vendía a una boutique, pero no era muy rentable. Juan José le contó a su mejor amigo el conflicto que estaba viviendo y éste le aconsejó:

— Hablá con tu novia y decile que no tenés presupuesto para salir todas las semanas, que debes ayudar a tu mamá y si ella te quiere, comprenderá.

Así lo hizo, pero la respuesta de Valeria no fue muy alentadora:

— Somos jóvenes y no tenemos que hipotecar nuestras vidas. Te has echado al hombro el mantener a tu familia y me parece que debemos pensar en nuestro futuro. Tu madre debería vender esa casa tan grande, comprar un departamento y no esperar que vos le soluciones sus problemas. Y si te parece que te pido mucho, mejor sería que terminemos esta relación.

Ante el temor de perderla, le dio la razón y prometió encontrar un remedio a la situación. Para colmo, dentro de poco sería el cumpleaños de su novia y cuando él le preguntó: ¿qué querés que te regale?, ella lo llevó a una joyería y le mostró una pulsera de oro con dijes, muy costosa, diciéndole:

— Primero me comprás la pulsera y todos los meses me regalás un dije, es una forma de ahorrar, cuando necesitemos podemos venderla, el oro no pierde el valor.

Estaba desesperado; no quería perder a Valeria, la amaba demasiado, pero tampoco podía dejar de ayudar a su madre. Así que un día comenzó a robar artículos de la tienda que sus amigos le compraban por la mitad de lo que valían.

Se decía "hago esto para equilibrar mi presupuesto, total, no van a darse cuenta", pero se fue enviciando y cada vez robaba cosas más valiosas. No pasó mucho tiempo para que lo descubrieran, despidiéndolo sin indemnización y que diera gracias que no lo metieron preso.

Le contó a su madre que lo habían echado de la tienda porque discutió con uno de los dueños, que lo insultó y él le pegó una trompada, y que por esa razón no quisieron pagarle la indemnización.

— Yo voy a ir a hablar con ellos y tienen que pagarte lo que te deben — dijo ella.

— Por favor, mamá no quiero que vayas a la tienda. Voy a conseguir otro trabajo. Quiero que me jures que no vas a ir — suplicó Juan José.

Unos días después andaba en el centro buscando empleo, cuando vio a su madre, salir llorando de la tienda.

El mundo se le cayó encima, pensó que tenía que desaparecer, esfumarse, que la tierra lo tragara. Empezó a caminar sin rumbo… un enorme camión se aproximaba…fueron segundos…un salto y las enormes ruedas lo aplastaron.

Un frenazo y el chofer se bajó agarrándose la cabeza. Un montón de personas se acercaron. Todos vieron que él se había arrojado… tan joven… tan apuesto… ¿Qué pudo haberle pasado?

Un domingo por la mañana, estábamos desayunando cuando tocaron el timbre. En la puerta, un niño con un cajón de lustrabotas ofreció pulir nuestros zapatos.

Vi que miró con ansias la mesa. Había pan tostado, manteca y mermelada. Le pregunté si quería desayunar primero. Aceptó con una sonrisa agradecida y comió con ganas todo lo que le puse delante.

Luego traje seis pares de zapatos, que con mucha pericia y esmero dejó como nuevos.

Su nombre era Miguel, tenía diez años; moreno, ojos negros, delgado, con pelo enrulado y abundante, que lucía un poco desprolijo, así como todo su atuendo.

Propuso venir todos los domingos a la hora del desayuno. Era muy simpático y conversador, siempre tenía alguna anécdota para contar: de cuando le robaron la bicicleta o el día que lo atropelló un colectivo, lo llevaron al hospital, sus padres fueron a denunciar su desaparición a la policía y lo encontraron internado y con una pierna enyesada.

Si algún día no venía o nosotros salíamos, lo extrañábamos.

Nos contó que él era el mayor de cinco hermanos y que todo lo que ganaba se lo daba a su mamá, aunque a veces no podía resistir la tentación y se compraba unas tortas negras que le encantaban.

El domingo siguiente lo esperamos con un café con leche y dos tortas negras y le dimos una docena para que llevara a su casa... estaba feliz.

En su próxima visita le entregué un libro de cuentos, diciéndole:

— Espero que te guste y se lo leas a tus hermanitos. Lo dejó sobre la mesa, se puso colorado y dijo:

— Es que yo no sé leer.

— ¿Cómo que no sabes? Ya tienes diez años, ¿acaso no vas a la escuela?

— No. Nunca he ido. Mi papá quiso meterme, pero no me recibieron.

— ¿Por qué no te van a aceptar?

— Porque a nosotros no nos quieren en las escuelas.

— ¿Quiénes son ustedes?

— Si le digo, no me van a querer más… empieza con G.

Yo no entendía nada, pero mi esposo señalándolo con el dedo le dijo:

— ¡Sos un gitano!

Nos miró muy asustado, tomó su cajoncito y lentamente empezó a caminar hacia la puerta, la abrió y se fue corriendo.

Nunca más volvió.

Me quedó un gusto amargo en la boca. ¿Por qué no lo abracé y le dije que seguiríamos queriéndolo y que yo podía enseñarle a leer?

Cuando aprendí a leer, se abrió ante mí un mundo infinito. Leía todo lo que caía en mis manos: cómics, diarios, revistas, especialmente Billiken y Mundo Infantil, que mis padres compraban todos los meses y me ayudaban con las tareas. Tenía ocho años cuando leí dos novelas que le habían regalado a mi mamá El Árabe y El Hijo del Árabe, demasiado eróticas para mi edad. Las devoré mientras mis padres dormían la siesta. Luego, ya interna en el colegio de monjas, comencé a sacar libros de la biblioteca y me aficioné a los cuentos de hadas. Me encantaba cómo esos hermosos personajes, con su varita y palabras mágicas, cambiaban en instantes las vidas de los sufridos protagonistas.

También estaban las brujas, las malas de las novelas, que generalmente eran feas con jorobas y verrugas. Al crecer, comprendí que todo eso era pura fantasía, inventos de escritores, me sentí muy desilusionada, tanto como cuando me enteré de que los Reyes Magos eran los padres.

Aunque puedo decir que he tenido la suerte de que muchas hadas madrinas, sin varitas ni fórmulas mágicas, llegaron a mi vida y me ayudaron a quitar piedras de mi camino y también que ninguna bruja me brindara una manzana envenenada.

¿Existen las brujas?

Mi abuela, una italiana supersticiosa, era muy amiga de ellas. Le gustaba ir a tirarse las cartas y según las malas lenguas les encargaba "trabajos" para los novios de sus hijas, desesperada porque pasaban los años y no conseguían marido. No dieron resultado porque las dos lograron casarse bien mayorcitas y sin ayuda, creo.

En mi pueblo había muchas; unas solo tiraban las cartas, otras eran casamenteras y lograban retener los maridos, y estaban también las que hacían daño o le arruinaban la vida a alguien por encargo, con brebajes, perfumes o dejando un paquete en la casa de la víctima para que al tocarlo le cayeran todas las plagas.

Había infinidad de relatos que confirmaban esas acciones. Una amiga de mi madre de la noche a la mañana se volvió loca, se desnudaba y salía corriendo a la calle. La vieron muchos doctores y como no podían curarla la internaron en un manicomio. Un amigo del esposo le contó que un curandero hacía verdaderos milagros; la llevó atada al asiento del vehículo porque si no se escapaba. Éste le dijo que le habían hecho un "daño" para que perdiera la cordura. En tres sesiones la curó totalmente, volvió a su casa y nunca recordó esa etapa de su vida.

Mi tía fue al cementerio, estaba limpiando la tumba de su esposo, cuando vio que una mujer después de mirar hacia todos lados se arrodilló, cavó un hueco en la tierra, enterró una cajita y se fue casi corriendo.

Le pareció muy sospechoso, así que dejó pasar un rato y la desenterró. Se encontró con dos sapos vivos con las bocas cosidas y dentro de ellas, dos fotos de una pareja joven. Dejó en libertad a los sapos después de descoserles la boca y retirar las pequeñas fotografías.

En realidad, yo no creo en brujas, pero de que vuelan, vuelan.

Mi primer trabajo fue en un taller de rectificación de motores. El dueño era un sesentón bastante atractivo, muy respetuoso y educado.

Yo recién había terminado un bachillerato comercial y trataba de disimular mi inexperiencia y de solucionar los errores que cometía; con la gran suerte que mi jefe solo sabía de "fierros" y nada de papeles.

A los pocos días vino Gina, su esposa, a conocer a la "nueva secretaria". Al verla, quedé impactada: gorda, con ropa muy ajustada, maquillada en exceso, parecía una cabaretera jubilada. Y verlo al dueño todo zalamero y reblandecido, decirle: amorcito, mi vida, qué lindo que has venido a visitarnos, me hizo pensar que el amor es ciego.

Al contarle a Susy, mi mejor amiga, que estaba trabajando en el taller de Jaime Suárez, me dijo que su tía Ana y David, el esposo, eran íntimos amigos de la pareja.

Unos meses después me llamó Susy para contarme que mi patrón había llegado de improviso a su casa, encontrando a Gina con su tío, desnudos en la cama. David tuvo que salir corriendo, con la ropa en la mano, porque Jaime iba tras él, revólver en mano.

Al llegar a su casa, David le contó a su mujer que se peleó con Jaime porque lo había estafado con unas inversiones que realizaron juntos. Diciéndole

— Te pido, por favor, que no los llames. Es imperdonable y no quiero verlos más.

Ana no los llamó, pero fue a verlos a su casa. Le contaron que David, aprovechando que Gina estaba sola, había abusado de ella, obligándola acostarse con él.

Ante la furia de Ana, el esposo se justificó diciendo que Gina hacía rato que lo acosaba y que al fin había cedido a la tentación.

Ella no sabía qué hacer, el juró por sus hijos que fue la única vez que la engañó y que no volvería hacerlo.

Ana le contó su historia a su mejor amiga y ella le recomendó a Josefina, quien tiraba las cartas y ayudaba a resolver conflictos matrimoniales. Fue a verla y la tarotista le dijo:

— No me cuentes nada, voy a lanzar las cartas, a ver qué nos dicen.

Al hacerlo manifestó:

— Veo a una mujer morena que quiere destruir tu matrimonio porque está enamorada de tu esposo. Él te quiere a ti, pero ella lo persigue.

Ana llorando le contó su drama. Lo que más le dolía era que su esposo la hubiera traicionado con su mejor amiga.

Josefina dijo que ella podía hacer una preparación y, si le daba unas gotas por día a su marido, lograría retenerlo para siempre y fortalecer la relación. Era un poco cara, pero podría pagarle semanalmente.

Ana aceptó y después de abonar la primera cuota, siguieron conversando. Ella le contó que desde que iban a la escuela conocían a Jaime Suárez, lo acompañaron cuando enviudó, luego él se casó con Gina y las dos parejas se hicieron inseparables, viajaron juntos, y compartían todos los fines de semana.

Josefina la interrumpió para decirle que Gina era su cliente y había enganchado a Jaime con un trabajo que ella había realizado.

Susy terminó su relato, diciendo que sus tíos estaban ahora muy felices y que ella pensaba visitar a la adivina, para ver si lograba atrapar a su novio.

El padre Ignacio estaba desconsolado. No comprendía por qué lo habían trasladado a esa capilla tan humilde, ubicada en un barrio pobre, de calles de tierra. Extrañaba las misas en la catedral, los sermones que daba desde el majestuoso púlpito, los personajes importantes y las señoras elegantes, el coro y el imponente órgano que acompañaba las ceremonias.

A sus 65 años, con una artrosis que iba a carcomiendo su esqueleto, limitando sus movimientos y convirtiendo el arrodillarse en un martirio, le parecía muy injusto que, además, le quitaran el confort del que había disfrutado los últimos veinte años.

Se preguntaba cuál era el motivo para este castigo, llegando a la conclusión que al obispo le molestó su posición acerca del celibato, que consideraba el causante de la desviación sexual de tantos sacerdotes convertidos en pederastas y la posición cómplice de la iglesia que los amparaba en vez de pulsarlos.

Ésa fue su posición en el último simposio organizado por el Arzobispado que trataba sobre vocación, celibato y pederastia.

Una semana después, fue notificado del traslado. Aquí tenía que oficiar dos misas una a las 6 am y otra a las 7 pm. Los pocos bancos se llenaban de mujeres con niños, ancianos y unos pocos hombres que acudían con sus ropas de trabajo. Sus sermones eran interrumpidos por el llanto de los críos y el ruido de los parlantes de varios vehículos que pregonaban a toda hora la venta de sus productos, o la llegada al barrio de un circo o un parque de diversiones.

Por las tardes, las hijas de María, muy devotas, rezaban el rosario y le sugirieron que luego del rezo, por lo menos dos veces a la semana, las dedicara a la confesión, como hacía el cura anterior.

Las mujeres se acercaban al confesionario: Bendígame padre porque pecado. Hace un año que no me confieso y lo hago ahora porque quiero comulgar el día que mi hija tome su primera comunión, susurraba una y relataba a continuación todos sus pecados: había faltado a misa muchas veces, mentía a su marido sobre los gastos de la casa para poder ir a la peluquería…. Reza tres Padrenuestros y tres Ave Marías y trata de cumplir con el Señor. Te absuelvo en nombre del Padre, del Hijo y del Espíritu Santo.

Todas cometían faltas similares, buenas cristianas que descargaban su conciencia en la confesión, sacramento que el padre Ignacio consideraba inútil y le provocaba somnolencia.

De pronto una voz ronca y angustiada lo sacó de su modorra:

— Padre hace años que no vengo a la iglesia, será por eso por lo que Dios me ha castigado. Mi esposo ha muerto hace seis meses y desde entonces, no puedo dormir. En las noches se oyen ruidos, golpes en las paredes, oigo su camión que entra al garaje, perros aullando y hasta parece que alguien mueve mi cama.

Estuvimos casados veinte años; él era camionero, siempre amargado porque no pudimos tener hijos. Comenzó a beber y al regreso de cada viaje me daba tremendas palizas acusándome de que en su ausencia yo metía hombres en mi casa.

— ¿Y era cierto?

— Algunas veces… antes de casarme trabajé en un cabaré. Varios clientes me llamaban y como mi esposo estaba ausente por varias semanas y no me dejaba dinero de algo tenía que vivir…

— ¿En qué puedo ayudarte?

— Quiero pedirle que venga a bendecir mi casa y rece para que el espíritu desaparezca. Le pagaré lo que usted me pida. Tengo mi vehículo afuera, puedo llevarlo y traerlo. Si usted hace esto por mí le prometo que vendré todos los días a misa.

— Ven a buscarme mañana a las 10 am.

Le pareció divertido hacer algo diferente, salir de la tediosa rutina a la que estaba expuesto; aunque no creía en espíritus, tal vez su exorcismo tranquilizara a esta mujer atormentada.

Al otro día, su asistente le anunció que Esmeralda Quiñones lo estaba esperando.

— ¿Quién es ella?

— Es la señora que le pidió ayer que limpie su casa de malos espíritus. Ah, no olvide llevar el agua bendita.

Al salir vio a una corpulenta, desgarbada y desproporcionada mujer parada al lado de un camión en marcha. Tenía hombros anchos, exuberante busto, caderas estrechas y piernas muy delgadas.

Su cara, que había entrevisto en el confesionario, a la luz del sol era patética; tanto rímel, colorete y labial, marcaban con rigor sus arrugas y dos tremendas verrugas, una en la frente y otra un lado en la nariz. El pelo largo, negro y enmarañado, completaba el cuadro. El cura se preguntó quién pagaría para acostarse con ese esperpento.

Con mucha pericia, Esmeralda conducía el destartalado vehículo. El padre Ignacio tuvo que abrir la ventanilla porque no soportaba el penetrante perfume que invadía el pequeño espacio de la cabina. No tardaron mucho en llegar. Era en la calle Belgrano 3740; recordó que su prima Victoria vivía en esa calle al 3710 Y sí, era la casa de al lado.

Hacía muchos años que no la veía así que le haría una visita al terminar y se ahorraría el viaje de regreso con la perfumada dama.

Al entrar al enorme caserón viejo y descuidado, dos gatos negros salieron a recibirlos y alguien comenzó a gritar con voz destemplada:

— ¿Quién anda por ahí? ¡Auxilio!

Sorprendido, el cura miró a la mujer.

— Es Pedrito — y señaló la jaula del loro que seguía gritando a todo pulmón.

Entonces Ignacio sacó de su maletín el agua bendita y el hisopo, y comenzó a recorrer toda la casa rezando y bendiciendo cada habitación.

— Éste es mi cuarto y aquí está el espíritu que quiere volverme loca — dijo Esmeralda.

El desorden reinante, la cama sin hacer, la ropa desparramada en las sillas, un vaho mezcla de perfume y humedad sacudieron al cura. El hisopo resbaló de sus manos y casi derrama el cuenco con el agua bendita. A pesar de ser incrédulo, sintió que un frío le subía por la espalda.

Se apresuró a terminar su acto de exorcismo y tomando su maletín comenzó a caminar hacia la salida.

La mujer le preguntó cuánto debía pagar y el cura le pidió que hiciera una donación a la capilla.

— Gracias padre, que Dios lo bendiga — dijo ella mientras lo abrazaba fuertemente.

Él la apartó bruscamente, turbado y un poco excitado.

— ¿Qué tenía esta mujer tan fea, que había logrado provocarlo?

Caminó rápidamente hacia la puerta de calle, diciéndole:

— No necesito que me lleve, voy a visitar a mi prima que vive justo al lado.

Al tocar el timbre vio que Esmeralda lo saludaba con la mano en alto.

— ¡Querido Ignacio! … ¿o debo decir padre Ignacio? ¿A qué se debe el milagro que vengas a mi casa? Hace diez años que nos vimos en el funeral de mi esposo. Pasa, te quedas a almorzar conmigo.

— Vine a bendecir la casa de tu vecina, que dice que el ánima de su marido no la deja dormir.

— ¡Ah! Esmeralda Quiñones, todo un personaje. Su esposo murió hace seis meses y dicen las malas lenguas que ella lo mató. Él era camionero y desde que murió, ella trabaja de prostituta con los colegas del finado. Los chicos del barrio le tocan el timbre cuando ven un camión estacionado frente a su casa y saben que está con algún cliente. Se divierten viéndola salir furiosa, con su bata descolorida y los pelos revueltos.

— ¿Cómo alguien puede pagar para acostarse con ese adefesio?

— Cuentan que ella viaja todos los meses a visitar a una bruja, quien le prepara un perfume que la hace irresistible.

Después de reflexionar un rato el padre Ignacio dijo:

— Querida prima, hoy he aprendido tres cosas. Primera; los espíritus malignos sí existen. Segunda; las brujas hacen milagros. Y tercera; nadie está libre de la tentación.

www.ingramcontent.com/pod-product-compliance
Lightning Source LLC
Chambersburg PA
CBHW022200150726
47992CB00002B/879